Monsieur Cul-de-sac

KENNETH WILSON

Monsieur Cul-de-sac

FSC
www.fsc.org
MIX
Papper från
ansvarsfulla källor
Paper from
responsible sources
FSC® C105338

Innehåll

3 JUNI 1971 LA POINTE DU GROUIN

1

Tung är min ödeslott,
Vägrar jag följa siarens bud.
Tung om jag tvingas att
Offra min dotter
Aischylos: Agamemnon

Monsieur Reynaud var klädd i en gråvit linnekostym med svettfläckar under armarna. Med näsduken torkade han svett ur pannan och vevade ned sidorutan. Luftdraget kändes som värmen från en trasig fläkt på högvarv. Stigningen blev allt brantare, vägen alltmer gropigare och framvagnen vibrerade. När bilen segade sig uppför backens krön, krängde den till och ratten slant i händerna. Granitklipporna reste sig mot himlen som mörka kritstreck på ett ljusblått ark, nedanför skimrade det blågröna havet.

Han bromsade in nära en gångväg och sa till Claire:

– Gå du i förväg, hitta en plats där vi kan sitta. Glöm inte matkorgen.

Hon gick utefter stigen i det gassande solskenet. Hon hittade en öppning i den täta vegetationen intill en stenbumling, tog ut duken och lade den på marken. Hon såg sig omkring på det tysta landskapet, följde med blicken en ödla som kilade in bland några stenar, tittade sedan ner mot parkeringen. Han satt kvar i Citroënen. Läpparna rörde sig och han ruskade häftigt på huvudet. Hennes hjärta dunkade hårt och det knottrade sig på armarna.

Claire hade ertappat honom när han betett sig likadant ett par veckor tidigare. Hon hade råkat passera hans arbetsrum och hörde röster inifrån. Dörren var halvöppen och hon fann honom gestikulera och prata för sig själv.

– Det är bara när jag är lycklig som jag uthärdar tystnaden...jag hatar tystnaden, sa han gång på gång och slog näven i bordet.

Hon vände bort ansiktet och strök handen över blåmärkena, som syntes på ena överarmen.

I samma stund som hon tog fram kaffekopparna föll en skugga framför henne. Hon såg sig om över axeln. Nånting var fel, han sluddrade och ögonen var glasartade. Plötsligt stack det till. Hon stapplade och störtade handlöst mot marken.

Fragmentariska minnesbilder blixtrade förbi. Hon låg i bilens baksäte...repet skavde sönder handlederna...läpparna vägrade forma orden...locket stängdes, naglarna fläktes upp.

Det var becksvart, tyst och trångt. Hon frös så hon skakade och upptäckte att hon var naken. En dov smärta strålade ut från handen och det kändes som nåldyna när hon nuddade kinden med sina uppfläkta naglar. Ögonen klibbade ihop och då hon ansträngde sig för att skrika snördes strupen samman. Hon lät fingrarna glida längs sidan och märkte att hon låg inklämd på en fuktig vadderad bädd. Hon kände en frän doft av urin sticka i näsan. Hon hade kissat ner sig. Armarna och benen tillhörde inte kroppen längre. Hon lyfte på huvudet... stötte mot någonting hårt. Hon mindes åkturen...klipporna...utsikten...trodde först det var en lek...ett metalliskt föremål glimmade till... smärtan i armen...gjorde ett sista försök att häva sig upp... långsamt gled hon in i mörkret.

Januari 1972

2

Thomas blickade upp mot himlen och färdades i en rymd som hos Chagall. Tittade sedan förstrött på den bretonska landsbygden, samtidigt som han i tågfönstrets spegelbild fick syn på Karin sitta försjunken i *Swanns värld*.

De hade träffats på en fest, som en kompis ordnat. Det första han lade märke till var hennes långa hår och allvarliga min, som påminde om en ung Françoise Hardy på skivomslaget till *Tous les garçons et les filles*.

Karin slog igen boken, sträckte på sig och även hon såg ut genom fönstret. Januarisolens bleka ljus lyste över en ändlös rad av små åkerlappar. Mellan åkrarna skymtade hus i nordfransk stil med trekantiga tak, vita granitväggar och gavlar av bruna trästockar.

Snart avlöstes de lantliga husen och fälten av gråa förortsvillor och välansade trädgårdar.

– Vi får göra oss i ordning, sa han, reste sig och tog ner resväskorna.

Hon stoppade boken i ryggsäcken, ställde sig bredvid honom och hjälpte till med bagaget.

Då expresståget från Paris saktade ner farten och rullade in på Gare de Rennes, trängde de sig ursäktande förbi resenärer på väg mot tågdörren. De rusade längs perrongen in i stationsbyggnaden och köpte biljetter. Mannen i luckan pekade mot utgången.

– Skynda er. Tåget till Saint-Malo står vid plattformen till höger, lycka till.

Ett äldre par hasade sig fram med sina trunkar och Thomas hjälpte dem stiga ombord. Båda andades tungt när de kom in i tågkupén och kvinnan torkade sig om halsen och nacken.

– Tack snälla ni, vilket land kommer ni ifrån? sa hon och stoppade ner näsduken i handväskan.

– Vi är från Sverige, jag har fått ett stipendium för att studera vågkraftverket strax utanför Saint-Malo, sa hon.

Den gamla damen nickade och log, sedan vände hon undrande blicken mot Thomas.

– Och jag skriver på en doktorsavhandling i litteratur, sa han.

– Det förefaller spännande. Är det sant att det går isbjörnar omkring på gatorna i Sverige? sa hon.

– Jag kan försäkra det inte finns några alls. Vill ni möta dom får ni fara upp till Norra ishavet. Semestrar ni i Bretagne? sa Karin.

Hon slog ner ögonen och sa:

– Vår son var kompanisjukvårdare i Normandie och Bretagne 1944. Vi är här för att hedra Nigel och kamraterna som dog under de första veckorna efter landstigningen. Han hjälpte de skadade i öppen terräng, som landskapet här utanför.

– Vi fick tre brev från Nigel, sedan kom ett kondoleansbrev från krigsministeriet, sa han och tog hustruns hand och kramade den.

Han såg ut över fälten som virvlade förbi.

– Nigel hade inget vapen, endast en rödakorsarmbindel. Tror ni krypskyttarna respekterade den? Många av sjukvårdskamraterna blev skjutna innan de hann stiga ur jeeparna.

Kvinnan tittade vädjande på sin man.

– Jag vet Margaret, jag skall inte förmörka ungdomarnas livssyn.

– Snälla, berätta mer, vi svenskar är lyckligt lottade, vi har inte varit involverade i någon konflikt på 150 år, sa hon.

De två var inte i behov av överflödiga ord för att kommunicera med varandra. Han uppfattade ett knappt märkbart tecken från hustrun att fortsätta.

– I det sista brevet skrev han att han lärt sig se skillnaden på de döende och de som kunde räddas.

Han tog av sig glasögonen, torkade bort tårarna och Margaret strök kärleksfullt makens kinder.

– Det stod att han inte skulle glömma den grågröna färgen kring ögonen på dem som hade sekunder kvar i livet. Det enda Nigel kunde göra var att trösta dem. De lättast sårade förde mest oväsen. Han lärde sig att inte ta med extra vatten, det första de skadade frågade efter var cigaretter.

Mannen var tyst några ögonblick innan han fortsatte:

– Nigel skrev att varje gång en av deras egna stupat, hatade de fienden – de ville döda varenda tysk de drabbade samman med. Krig är någonting ohyggligt, det släpper fram det sämsta ur människorna. Nej, jag skall sluta prata om det negativa nu.

Margaret fattade tag i Karins händer.

– Måtte ni inte gå igenom det vi upplevt. Ni är unga och har hela livet framför er. Ta hand om varandra och lev ett lyckligt liv tillsammans.

Han flikade in:

– Ingen kan föreställa sig det fasansfulla att förlora en son. Han var vårt enda barn. Vi befann oss i en bottenlös avgrund och trodde inte vi skulle komma över sonens förlust, dock delade vi på sorgen. Då den ena inte mäktade, ställde den andra upp. Ifall en av oss går bort, vad händer då? sa han och tittade på sin hustru.

Vädret utanför tågfönstret ändrade karaktär. Himlen mörknade och regnet glänste mot fönstret. De flacka åkrarna blev allt glesare, vid horisonten avtecknade sig det stålgråa havet.

Karin frågade hur länge de levt tillsammans och på vilket sätt de fick sin relation att fungera.

– Vi har haft våra duster, livet har inte varit en dans på rosor, sa hon.

– Vi lärde oss olika knep, visst hade vi besvärliga perioder, en gång var vi nära att skiljas, sa han.

– Jag trodde först att det enklaste sättet att hålla ihop var att ändra på den andre, och insåg inte att det var jag som måste förändra mig, sa hon.

Han riktade sig till de båda och sa:

– Med tiden formulerade vi en levnadsregel, som hjälpt oss genom åren. Föreställ er att det närvarande är förflutet och sedan att det förflutna fortfarande kan ändras, sammanfattad i dessa ord: *Lev som du levde för andra gången och som om du första gången hade handlat så galet som du håller på att handla nu.*

– Det var på det viset vi fick överblick över våra liv, elaka ord som slank ur oss, futtiga gräl om småsaker, allt sådant som drog ner oss i dyn, kom i en annan dager, sa hon.

De samtalade om kulturella skillnader mellan svenskar och engelsmän, när konduktören stack in huvudet i kupén och meddelade de närmade sig Saint-Malo. De sa farväl, kramades och önskade varandra lycka till.

Himlen var smutsgrå, luften fuktig och kall. De möttes av havsluft, stanken av olja och rutten tång. Thomas tog fram en karta. Gare de Saint-Malo låg intill Boulevard de la République, därifrån skulle de till Hotel Chateaubriand. De gick jämte boulevarden, fortsatte på Quai Duguay-Trouin, en lång raksträcka, som skulle leda dem till portvalvet in till staden.

Det hade regnat kraftigt och ännu blåste det regnbyar, som bildade stora pölar längs trottoaren. Snart syntes ringmuren, som omgärdade den gamla delen av Saint-Malo. Genom valvet vid Port de Vincent kom de ut på Place Chateaubriand, där deras hotell var beläget.

– Tur vi bokade ett hotellrum. Jag söker upp Madame Reynaud i morgon, sa han.

De bar upp bagaget till rummet på andra våningen. De ville först ta en kort kvällspromenad utefter Porte Saint Thomas och se det gamla fortet. Ovanför stadsmuren blickade de ut över Saint-Malo bukten, som liknade en akvarellmålning i gråton. Det var mäktigt att stå i blåsten, känna det salta havet som andades tungt och betrakta den mörka silhuetten av Fort National svävande vid horisonten.

Nästa dag åt de en tidig frukost. Innan Karin åkte till vågkraftverket bestämde de att mötas på eftermiddagen i hotellfoajén. Han tog fram en turistkarta och ringade in Rue de Toulouse.

Det var folktomt. De små butikerna längs de smala gatorna var stängda, ändå var han tvungen att gå undan för cykelbuden och de små budbilarna som körde omkring för att leverera färska varor till stadens restauranger.

Han korsade Place Chateaubriand och ändrade riktning in på Rue du Jaques-Cartier. Doften av nybakade croissanter från ett bageri lockade honom till ett närliggande brasserie. Han stannade till och kikade in genom fönstret. Interiören tilltalade honom, klassiska speglar, soffor i mörkrött skinn och vita marmorbord.

Med kartans hjälp hittade han sig fram till Rue de Toulouse. Han letade efter nummer 25, klev in i porten i mitten av en grå fastighet, tog några snabba steg uppför en knagglig trappa upp till andra våningen.

Han knackade, väntade, knackade ännu en gång. Någon hostade, ett hasande ljud hördes inifrån. En kvinna, kring fyrtio, med platinablont hår i morgonrock stack ut huvudet. När han presenterat sig, sa hon:

– Välkommen in, jag skall hämta nycklarna.

Han steg in i vardagsrummet. Det luktade instängt med en blandning av cigarettrök och matos. Fönsterluckorna var igenbommade. I det svaga, gråbleka ljuset lade han märke till de gammalmodiga, slitna möblerna. Ovanpå spiselkransen fick han syn på ett fotografi av en flicka. Intill en vas med friska blommor stod ett krucifix.

Madame Reynaud kom tillbaka och de gick tillsammans upp till nästa etage. Hon visade honom lägenheten och märkte hur han huttrade och borrade händerna djupt i jackfickorna.

– Jag har ringt till en hantverkare som ser över elementen.

På väg ner, sa hon:

– Ni kan flytta in i eftermiddag, ifall det passar er. Är det någonting du saknar, säg bara till. Imorgon kommer jag med hyreskontraktet. Hoppas ni blir nöjda.

Madame Reynaud gav nycklarna till honom och de tog adjö av varandra.

Thomas gick in i hotellvestibulen, klev fram till receptionsdisken och kvitterade ut resväskorna. Sedan han baxat upp trunkarna på bagagehyllan, spanade han efter en ledig plats.

Solen flödade in genom det stora panoramafönstret. Han satt nedsjunken i en fåtölj och fäste blicken på den tunga kristallkronan under en mosaikkupol. Nya gäster strömmade in och han uppfångade en kosmopolitisk atmosfär. Han hörde brottstycken av samtal och det dominerande språket var engelskan. Han tittade bort mot ekporten, men än syntes inte Karin till.

Det stora vägguret slog fyra och äntligen kom hon in genom entrén. Ensamheten hade brutits, de omfamnade varandra och det var skönt att vara tillsammans igen.

När de kom ut var trafiken tät och högljudd. Överallt var det folk i rörelse. Karin påpekade att folkmyllret påminde om en karikatyr av typiska turister. Japaner med kameror, feta amerikaner i skrikiga skotskrutiga golfbyxor och amerikanskornas smaklösa accessoarer.

– Hur var det på jobbet?

– Inte som på en svensk arbetsplats.

– Vad menar du?

– Maurice, platschefen, bestämmer. Ingen annan.

– En diktator?

– Han har en rak kommunikation, likväl passar inte stilen alla.

En grupp tyska turister vällde ut från en buss bredvid ett hotell. Inklämda intill en husvägg sa han:

– Jag passerade ett trevligt brasserie imorse. Du hade tyckt om inredningen.

– Jag hann inte äta någon lunch. Vi kan väl gå till det stället idag?

I ljuset av den sena eftermiddagssolen gick de vidare och kånkade på väskorna hem till den nya lägenheten.

Hon synade möblerna, öppnade kökslådorna, provlåg en av sängarna och sa:

– Vi kommer att trivas här, det känner jag på mig, nu går vi och äter.

De möttes av kyparen då de steg in i brasseriet.

– Bord för två?

Thomas nickade och servitören gjorde en gest mot ett fönsterbord. Karin sträckte fram handen och rörde vid hans hand. De upplevde den hemliga gemenskap endast en förälskelse kunde framkalla.

– Vi två, långt hemifrån i ett främmande land, ändå är jag trygg i din närhet, sa han och smekte henne över kinden.

Garçonen kom med vinlistan, efter en stund var han tillbaka och tog deras beställning.

– Varför känner jag mig som en idiot varje gång jag skall välja vin?

Hon log och sa:

– Paret vi mötte igår, märkte du samspelet?

– Ja, de var fina och ömsinta mot varandra. De kommunicerade utan ord, ibland räckte det med ett enda ögonkast.

– Eller en liten skiftning i rösten, sa hon.

– Hur var det mannen sa, vi skulle föreställa oss nuet som förflutet och att det förflutna fortfarande kan ändras? sa han.

– Vi skriver upp de exakta orden hemma. De hade rätt, vi måste ställa frågan vad som är viktigt i livet, att bli medvetna om att det inte är för sent att kunna byta spår, sa hon, lutade sig fram och tillade:

– Margaret önskade oss ett lyckligt liv tillsammans. Jag hoppas vi får det och att vi hjälper varandra om vi hamnar i en kris.

3

Efter några månader hade de kommit in i sina rutiner. Karin tillbringade förmiddagarna vid kraftverket, Thomas arbetade med avhandlingen.

Förutom musik var hans stora intresse litteratur. Redan i tonåren hade han studerat franska, ryska och danska författare. Desillusionerade och ensamma människor, moralfilosofiska utläggningar hos Maupassant och Tjechov tilltalade honom, därför var steget till Hjalmar Söderberg inte långt. Det var efter att han läst Niels Lyhne, som han på allvar blev intresserad av den svenske författaren. Ärligheten och kampen mot dubbelmoralen och det moraliska engagemanget som sekelskiftesförfattaren stod för var sådant som även han strävade efter i sitt liv. När han skulle bestämma avhandlingsämne var Söderberg ett självklart val.

Vid fint väder tog han långa promenader, som avslutades på ett café, där han antingen läste en bok eller skrev brev till bäste kompisen, Robban.

Det var på en trist svensklektion de fann varandra. Klassen skulle skriva ner några funderingar kring Stagnelius dikt *Vad suckar häcken*. Magistern frågade eleverna hur de uppfattat dikten. Robban höll en imponerande jämförelse mellan Stagnelius poesi och Bob Dylans *Mr Tambourine man*. Läraren lyssnade utan kommentarer. Thomas tyckte Robban var lysande, som räddade en mördande lektion.

Under rasten diskuterade de musik och upptäckte sin gemensamma passion.

Båda delade på två intressen, Dylan och The Grateful Dead. I mitten av sextiotalet liftade de till Köpenhamn och mötte en kille från New York, Jack Weinstein, som lovade skicka Dylans senaste LP. De blev imponerade då Jack berättade att han varit på ett party i Dylans lägenhet i New York.

– Tro inte ett smack på att han är självlärd. I bokhyllan fanns Rimbaud, Baudelaire och Shakespeare.

Sedan gymnasietiden pratade de om att åka till staterna. Robban fullföljde drömmen. När Thomas skrev in sig på universitetet hade Robban diverse ströjobb och efter ett år arbetade han på en amerikabåt. Han jobbade tre turer, hoppade av i New York, tog Greyhound bussen tvärs över kontinenten och hyrde ett rum i San Francisco. Ett halvår därefter längtade han hem och var nu tillbaka i Göteborg.

En dag var Thomas i Dinard, en liten badort väster om Saint-Malo. Efter en promenad satte han sig på ett café. En soignerad man med grått, kortklippt hår och trimmad mustasch, till hälften dold bakom en tidning, sneglade på honom.

En liten stund senare kom mannen sakta bort till hans bord.

– Ursäkta, jag vet vem ni är. Var lugn, jag har inte spionerat. Får jag slå mig ner?

Thomas gjorde en gest mot stolen mittemot.

– Monsieur Reynaud, sa han och sträckte fram handen.

– Aha, Reynaud, jag förstår.

Mannen beställde en Kronenbourg och när servitrisen lämnade dem slukade han henne med blicken.

– Det finns en naturlig förklaring, hustrun äger lägenheten ni hyr, därtill ligger min antikvitetsaffär inte långt därifrån. Jag har sett er tillsammans med flickvännen vid hörnet av Rue de Toulouse.

Thomas noterade att han bar en kavaj i engelsk stil, slipsen knuten i Half-Windsor, omsorgsfullt vikt åt sidan, så den inte skulle vidröra cafébordet.

– Vi lever inte ihop längre. Fastän vi befinner oss nära varandra träffas vi endast då och då. Jag skulle vara tacksam ifall ni undvek nämna vårt sammanträffande idag, sa han och fingrade på ringen.

Thomas märkte flimret i mannens bleka ögon. Ångrade han sig för att ha läckt ut detaljer från sitt privatliv? Med ens sken han upp.

– Berätta om er själv.

– Jag vet inte hur mycket ni känner till om svensk litteratur. Jag skriver på en avhandling om en författare, som heter Hjalmar Söderberg.

– Det låter intressant, den ende svensk jag känner till är Strindberg. Är Söderberg från samma epok?

– Strindberg ingick i en äldre författargeneration.

– Jag förstår, också jag har bedrivit universitetsstudier, tyvärr hade jag inte fallenhet för högre studier. Jag vill höra mer om avhandlingen, sa han med ögonen riktade på servitrisen.

Samtidigt som han berättade, tog Monsieur Reynaud fram en Gauloises ur ett silveretui och tände den med sin Ronson, blåste ut rök, följde rökslingans väg upp mot taket och fixerade med blicken på en armatur i jugendstil. Under några sekunders tystnad betraktade Thomas frånvaron i hans sätt att se. Utan kommentarer eller följdfrågor sa Monsieur Reynaud:

– Förut bodde jag i Genève och bedrev handel med antikviteter. Jag längtade tillbaka till Bretagne och lyckades hyra en lokal i Saint-Malo och efter ett tag fick jag en trogen kundkrets.

Han släckte den halvrökta cigarretten och borstade bort aska från kavajen.

– Jag är i Dinard för en speciell kunds räkning. Jag har stämt träff med Graham Greene. Ja, ni känner till författaren. Vi blev bekanta i Genève och fortsatte att hålla kontakten. Han är här för att införskaffa en tavla målad av er landsman Erik Olson och bad mig verifiera dess äkthet.

Han knäppte med fingrarna och kallade på servitrisen. Då hon kom, grep han bryskt hennes arm, lutade sig fram och viskade någonting, smög sedan över en papperslapp i flickans hand. Hon slet sig loss och med ett föraktfullt ögonkast skyndade hon sig ifrån deras bord. Oberörd fortsatte han:

– Nästa helg har jag bjudit Mr Greene samt några vänner till middag. Det skulle vara trevligt om ni båda kunde komma.

Därefter reste han sig, drog upp plånboken och lämnade bordet. Thomas propsade på att betala, men han viftade avvärjande med handen. Han återvände, andfådd med en tunn hinna svett på pannan.

– Förresten, jag bor mellan Saint-Malo och Mont-Saint-Michel.

Han kastade en blick på sin Ulysse Nardin klocka och sa:

– Jag skall snart träffa Mr Greene. Jag kör er hem om ni kan stanna kvar en timme.

– Tror jag hinner med nästa buss, tack i alla fall.

Monsieur Reynaud tog ett visitkort från plånboken, skrev ett klockslag och gav det till honom.

När han kom hem hade Karin börjat laga mat.

– Jag träffade Madame Reynauds man på ett café i Dinard. Tydligen bor de på var sitt håll. Verkade mysko.

– På vilket sätt?

– Ingen jag skulle vilja ha som resesällskap på Transsibiriska järnvägen. Jag ville vara för mig själv, dricka mitt kaffe och inte snacka skit.

– Jag förstår, sån är jag också.

– Att höra hans röst var som att tvingas lyssna till ett coverband spela en Grateful Dead låt eller en operasångare tolka Dylan.

– Det där skulle Robban gillat. Har du hört någonting från honom?

– Han skrev att han är tillbaka i Göteborg. Roligt om han kunde komma hit.

Han satt med händerna knäppta under hakan och betraktade henne länge:

– Glömde säga att vi är bjudna hem till Monsieur Reynaud. Vet du vem som också kommer – Graham Greene.

Hon lyssnade samtidigt som hon lade in steken i ugnen. Sedan satte hon sig vid köksbordet och såg på honom med forskande ögon.

– Jag känner mig inte bekväm i främmande människors sällskap. Allvarligt talat, är det någonting för oss?

Nästa dag hade hon frågat kollegerna om Monsieur Reynaud.

– De flesta hade hört talas om antikvitetsaffären. De hade ingenting att berätta, utom en kollega. Han hade gått i samma skola som Monsieur Reynaud eller Henri, som kollegan kallade honom för. Pappan, byns ende begravningsentreprenör, körde en gång likbilen till skolan för att hämta sonen.

Hon reste sig från kökssoffan, gick fram till köksfönstret, fingrade på krukväxterna och hämtade vattenkannan.

– Det måste ha väckt en viss uppståndelse. Klasskamraterna blev nyfikna och ställde sig runt likbilen. Det var en av de få gånger han var glad, eftersom han också fick uppmärksamhet.

Kollegan drog sig till minnes Henri som sluten, utan

vänner. Det florerade massa rykten kring familjen. Mer
ville han inte säga.

15 APRIL 1972

4

Nästa lördag bestämde de sig ändå att gå på middagen hos Monsieur Reynaud. På kvällen gick de ner till tågstationen och tog bussen till Le Vivier-sur–Mer, två mil från Saint-Malo. Eftersom klockan inte var så mycket steg de av en hållplats tidigare.

– Varför tackade vi ja? Tycker det verkar skumt.

– Är det inte du, som brukar säga jag är misstänksam? Jag går dit enbart för att träffa Graham Greene.

Kastbyarna, som luktade unken tång, blåste dem i ryggen, medan mörkret föll allt tätare. På avstånd hördes strandgruset, som rullade och gnisslade under de utströmmande vågorna. På en höjd några hundra meter bort tornade huset upp sig, hotfullt, dystert och grått. En vindfläkt förde med sig en svag doft av kåda, blandad med buxbom och cypress.

De passerade en rostig järngrind och fortsatte uppför den knastrande grusgången som ledde till villan. Entrén öppnades av ett ungt hembiträde, som hälsade dem välkomna.

De steg in i salongen och möttes av parfymdoft, högljutt sorl och skratt. En del inbjudna stod i en cirkel kring Monsieur Reynaud medan andra småpratade i klungor. Den ende som Thomas kände igen i kretsen av gästerna var Graham Greene.

– Låt mig presentera två förtjusande svenska ungdomar, sa Monsieur Reynaud och gick dem till mötes.

– Jag är glad att ni kunde komma, jag skulle gärna vilja träffa er under mindre formella former.

Till deras förvåning kom Graham Greene fram och sa:

– En gång i tiden hade jag mycket samröre med Sverige. Det skulle vara angenämt med en pratstund senare på kvällen.

– Det skall bli trevligt, sa Thomas.

Monsieur Reynaud viskade någonting till de tre hembiträdena, som stod uppradade bredvid honom. När sorlet lagt sig, ställde han sig framför de församlade.

– Välkomna. Vi ska ha trivsamt i kväll. Det blir inte bara förplägnad i afton, utan ni är välkomna till en föreställning i husets källare. Jag berättar mer efter middagen.

Han gjorde ett uppehåll och lät blicken svepa över gästerna.

– Innan ni går in till matsalen, var vänliga studera bordsplaceringen.

På ett staffli var en tavla uppställd med sirligt utformade placeringskort och de inbjudna letade nyfiket efter sina platser. Thomas fick Madame Rothschild till bordsdam, av namnet att döma räknades hon till den celebra kretsen.

Han såg sig runtomkring och upptäckte Monsieur Reynaud samtala med en parant kvinna i femtioårsåldern, samtidigt som han pekade åt hans håll. Madame Rothschild, i en antracitgrå Balenciaga dräkt, utstrålade en diskret elegans. Sedan de presenterat sig, drog han ut stolen åt sin bordsdam. Thomas hann se henne kasta en förstulen blick mot Graham Greene mitt emot dem.

Thomas var fumlig och hade tagit huvudrättens bestick till förrätten. Hon uppmärksammade blamagen och inledde med en fråga.

– Hur kommer det sig att du är i Frankrike?

Han berättade om Karins stipendium och sa att hon satt bredvid Graham Greene.

– Er flickväns bordskavaljer behöver i alla fall inte någon närmare presentation, jag känner honom, sa hon och

kastade blicken på Graham Greene, som slog upp mer vin
i glasen.

Han kommenterade att han endast var bekant med honom genom litteraturen.

Under samtalet observerade han Madame Rothschilds
snabba ögonkast mot gästerna närmast deras bord. De
inbjudnas första famlande försök att få igång ett samtal
var över, bruset av röster stegrades, blandat med slamret
från tallrikar och klirret av glas. Dialogen dem emellan
flöt utan hinder, fast efter ett tag märkte han att hon besvarade en fråga med en annan. Ville hon lotsa in konversationen i andra banor och slippa tala om sig själv?

Han tröttnade på att känna sig tvungen att hitta på nya
konversationsämnen. Hon var van att kallprata. Orden
smälte samman med sorlet från de övriga bordsgästerna,
slutligen lyssnade han med ett halvt öra.

Han var mer intresserad av samtalet mellan Karin och
Graham Greene. Han kunde inte undgå att snappa upp
ett och annat från deras samtal. Arthur Lundqvists namn
återkom ett antal gånger, likaså Nobelpriset.

Middagar och innehållslöst prat var ingenting för honom.
Därför blev han lättad då Monsieur Reynaud reste sig och sa:

– Jag hoppas maten smakade. Nu skall vi förflytta oss till
sällskapsrummet, där kaffe kommer att serveras.

Thomas eskorterade Madame Rothschild in i en mindre
salong. Som en världsvan, blaserad kvinnas manér att visa
sig älskvärd, tackade hon honom överdrivet för en trevlig
konversation. Karin kom tillsammans med Graham Greene till Thomas plats.

– Du studerar litteraturvetenskap? Jag antar du är en
skrivande människa?

– Ja, jag skriver varje dag på avhandlingen. Mr Greene,
vilka råd skulle ni ge till en ung man med författardrömmar?

Han mönstrade Thomas.

– Vill du bli en seriös författare skall du ständigt påminna dig om att forma bokstäver till en begriplig text är en existentiell förpliktelse, samtidigt håller det tristessen på avstånd. Skriv romaner, sådana du själv skulle vilja läsa, var öppen för nya upplevelser. Glöm inte att kritiker är litterära eunucker.

Han lutade sig tillbaka och tog av sig glasögonen.

– Att skriva är terapi för mig. Jag undrar hur de som inte skapar slipper undan melankolin och tröstlösheten? Apropå upplevelser så skriver jag på en ny roman, som delvis handlar om Monsieur Reynaud. Han är en gåtfull, utstuderad sybarit. Ni skulle ha varit med på hans bisarra middagar i Genève.

Han böjde sig fram.

– Makarna Reynauds dotter försvann spårlöst en dag. Nu bor de inte ihop längre.

Thomas erinrade sig flickan på fotografiet och krucifixet i Madame Reynauds våning.

Pratstunden avbröts när Monsieur Reynaud harklade sig försiktigt och sa:

– Kära vänner, jag har på sista tiden börjat intressera mig för sömnen och dess avbild – döden – att dö är att sova och inget mer. I sömnen finns våra onda drömmar. En särskild ångestdröm har jagat mig en lång tid. I drömmen heter jag Monsieur Cul-de-sac. Jag uppmanas utföra en handling och varje gång jag skall slutföra uppgiften vaknar jag kallsvettig.

Han gjorde ett kort uppehåll och sa sedan:

– Är det någon som har lust att ikläda sig rollen som Monsieur Cul-de-sac? Jag har läst att mardrömmar som återkommer, försvinner om de framförs i vaket tillstånd. Därför har jag förberett drömscenen, som vi kommer att uppleva tillsammans.

Thomas visste inte vad som flög i honom. Var det mötet med Graham Greene som bidrog till beslutet?

– Vi skall ha kul i kväll, sa han till Karin, som ville avråda honom.

Han hörde inte på utan gick fram till Monsieur Reynaud.

– Jag vill spela rollen som Monsieur Cul-de-sac.

– Här är en modig man som önskar bli mitt alter ego, sa han.

Sedan sa han till Thomas:

– Jag har full förståelse om ni vill dra er ur.

Han insisterade på att agera och då riktade sig Monsieur Reynaud till de övriga och sa:

– Låt oss träda in i skuggornas rike.

Han öppnade dörren till källaren, det kalla ljuset från den nakna glödlampan ledde dem ner till ytterligare en ingång. Han lirkade med nyckeln tills järnporten med ett gnisslande öppnades. En vit likkista stod mitt i rummet och Monsieur Reynaud tecknade åt dem att samlas kring den.

När alla bildat en ring var Monsieur Reynaud uppslukad av mörkret. Några av de inviterade viskade sinsemellan, somliga såg sig oroliga omkring. En gammal dam smög mot utgången. En man följde efter och ropade hennes namn. Han grabbade tag i kvinnan och förde henne tillbaka.

Plötsligt flimrade ett rödaktigt sken. Från en högtalare ljöd ett stycke från Bachs Orgelbüchlein. Ur halvmörkret tågade Monsieur Reynaud fram, iklädd en munkkåpa. I ena handen höll han en fackla, i den andra ett rökelsekar, som han sakta svängde. När orgelmusiken tystnade satte han facklan i ett ställ, rökelsekaren på källargolvet och ställde sig nära kistan och sa:

– I djupet av vår själ finns en gömd dörr som vi knappast vågar öppna. I afton skall vi dyrka upp denna förnimmelsens port och blicka in i det dunkla. Vad finner vi? Lösryckta, osammanhängande kaotiska minnesbilder, likt demoner, som följt oss genom åren? Eller de lyckligaste stunderna i våra liv? Jag bevittnar nu ett skådespel som ytterst handlar om en dröm som förföljt mig genom åren. Jag står vid en likkista tillsammans med människor jag inte känner. Någon uppmanar mig att öppna kistan. I kväll blir det annorlunda. För att bli kvitt denna otäcka dröm skall vi fullfölja uppmaningen jag fick.

Den kvalmiga dunsten av förruttnelse, blandad med rökelsedoft gav honom kväljningar. I stearinljusens fladdrande sken såg han Monsieur Reynaud kallgrina och han kramade hårt Karins hand. Sedan kom befallningen:

– Monsieur Cul-de-sac, lyft upp kistlocket.

Han vinglade till, återfick balansen och trädde fram. Darrande öppnade han locket och såg en naken kvinna, vars ansikte var täckt med sorgflor. I hennes knäppta händer glimmade ett ljus svagt. Monsieur Reynaud böjde sig ner och blåste ut ljuset.

– Att dö, att sova – ej mer, säg till demonerna att sluta jaga mig.

Åter hördes orgelmusik och Monsieur Reynaud skred sakta bort och smälte in i mörkret.

Ingen visste om föreställningen var slut eller inte och under några minuter rådde förvirring bland gästerna. Till slut var det en reslig, grånad man som bröt sig loss från de övriga och de andra följde lättade efter.

Sällskapet kom upp från källaren, merparten talade dämpat med sänkta huvuden. Stämningen var påfallande tryckt. Många höll om varandra, en del torkade sig i ögonen. En äldre kvinna vred sina händer, suckade och stönade. Atmosfären kändes obehaglig, därför ville de gå ifrån bjudningen så skyndsamt som möjligt. De tackade Monsieur Reynaud för middagen och skyndade sig bort från huset. Thomas grämde sig över att han inte hann säga adjö till Graham Greene.

På väg till busshållplatsen frågade Karin vad Monsieur Reynaud sagt till flickan.

– Det var svårt att höra. Tyckte jag hörde ett citat från Hamlet, då han viskade »*säg till demonerna att sluta jaga mig*«, mer kunde jag inte uppfatta.

I bussen gömde hon ansiktet i händerna och snyftade. Axlarna skälvde och hon kippade efter andan.

– Jag vill inte ha med honom att göra. Jag känner mig äcklig. När vi kommer hem skall jag duscha.

5

Medan Monsieur Fourier, den siste gästen, tog på sig ytterrocken, kikade Monsieur Reynaud på armbandsuret och räknade hur många timmar det gått sedan flickan fått injektionen. Monsieur Fourier öppnade ytterdörren, vände sig om och tackade för en fascinerande kväll. Han besvarade honom med ett leende.

Därnäst gick han in i köket, där flickorna var upptagna med att sätta tillbaka allt porslin. Han gav en sedelbunt till flickan som stod närmast honom. Glatt överraskade, ställde de sig i led och neg tafatt. Efter att de delat sedlarna sinsemellan, skyndade de sig åter till sina sysslor.

Han tog trappan upp till ovanvåningen och klev in i arbetsrummet och valde en El Rey del Mundo ur humidoren. Därpå satte han sig i länstolen, snoppade cigarren och tände den.

Gästerna var lättlurade och bländades av lite ytlig polityr. Jag avskyr dem. De låtsas vara kultiverade. Utan ansiktsförklädnader är de kloakdjur. Den självgode Mr Greene inbillade sig att det var en oförfalskad Erik Olson. Hur skulle jag kunna veta det? Jag har bara sysslat med förfalskningar. Madame Rothschild, rik och ensam, jag vet varför hon kom. Jag tror inte Mr Greene glömt hennes snedsprång med Monsieur Fourier. Madame Sainte-Claire Deville, en demimonde, kallar sig grevinna. Jag vet var hon hör hemma.

Bilden av Karin hade bränt sig fast i honom. Det fanns kvar en svag doft av ros, jasmin, patchouli och mysk. Den slanka kroppen, leendet, det långa håret, påminde om Claire.

Gästerna stank av enfald och självgodhet. Många hade tjänat enorma summor på tvivelaktiga penningtransaktioner och trodde de hade klättrat högre upp på den sociala stegen. Varför hade de kommit? Antagligen för att tvätta bort stämpeln som uppkomlingar, genom att umgås med »fint folk«. Somliga vill bli förförda. Precis som en kobra förför en mus, förleder jag mina medmänniskor.

Han hade i flertal år avslöjat människans girighet på sitt speciella sätt. Middagarna i Genève lockade fram gästernas sämsta sidor. Först blev de kränkta, och strax därpå, belönade med dyrbara presenter. Hur långt var människor beredda att gå? Det visade sig att de kunde förnedra sig till vad som helst för att uppfylla sina hemliga drömmar.

Tidigare på kvällen hade han samtalat med en filosofiprofessor, som vidhållit att människans existentiella val i de flesta fall var välgrundade. Monsieur Reynaud hade andra åsikter. Allt tal om att våra beslut i livet var rationella med ädla syften, trodde han inte på. I själva verket var det simpla skäl som låg till grund. Självbedrägeriets falska röst lurar oss framhålla motsatsen.

Den ende han hyst respekt för, eller snarare varit rädd för, var sin pappa, som ville att företaget skulle bli kvar inom familjen. Intresset för studier var större än viljan att ta över firman, till pappans besvikelse. Under hela sin barndom hade hans pappa skött om honom. En gång när han var hos en kamrat och sett hur mamman kramat sonen, önskade han att det var honom hon slutit i famnen.

Då pappan märkte hans längtan efter mamman, hade han tagit fram fotografier av henne, leende, de flesta tagna utomhus.

– Kom hit, Henri, jag skall visa dig några bilder.

Dessa ögonblick tillsammans med sin pappa var de lyckligaste minnen från barndomen. Han visade foton från olika resor de gjorde innan de gifte sig. Ett fotografi föreställde föräldrarna på en segelbåt, med ett fyrtorn som fond. Han hade sparat det, eftersom det var den enda bild på dem, glada och lyckliga.

Dagligen satt han på eftermiddagarna i trapphuset tillsammans med hunden Gaston. På kvällen kom pappan, som klappade honom på huvudet.

– Mamma kommer inte idag. Vi går in så du inte blir nedkyld.

Blandrashunden kom in i Henris liv en dag då han var på väg hem från skolan. En bil saktade in, en man slungade en säck och körde sedan iväg med en rivstart. Han sprang till diket och upptäckte en hundvalp som kravlade fram ur säcken. Han tog med sig valpen och först ville inte pappan släppa in den i huset. Den första tiden fick den sova i annexet. En morgon när han fann pojken ligga bredvid jycken lät han den till slut komma in i huset.

Han vågade inte ha sina kamrater hemma, eftersom han inte visste vilket humör pappan var på. Gaston, som ersatt kamraterna, blev hans bäste lekkamrat.

En dag hade några äldre elever retat honom. En av dem gav Henri en örfil, kallade mamman för »tyskhora«, flinat och sagt att hon satt i ett fängelse. Då han kom hem fick pappan inte reda på att han blivit trakasserad. Han ville veta vad »tyskhora« betydde men tordes inte fråga.

På kvällen grät han och vågade inte visa sig för sin pappa. Tillsammans med Gaston gömde han sig i garaget. Sedan inträffade det fasansfulla. Han hade tagit fram fickkniven, stuckit sin vän i bröstet tills han låg blödande på garagegolvet. Det var så enkelt, som att sticka kniven i smör och han hade inte gjort motstånd. Efteråt höll han Gaston i famnen och stirrade in i hans bedjande ögon ända tills de slocknade.

Pappan fann dem vid likbilen. Det märkliga var att varken stryk, utskällning eller frågan »varför« kom på tal.

Han lade den livlösa hunden i en jutesäck, torkade därefter rent golvet med en trasa. När allt var klart var det som om ingenting hänt.

– Vi går in och äter kvällsmat, sa han.

Efter maten begravde de Gaston bakom huset. Innan de gick in sa han:

– Inte ett ord om hunden.

Det var först i tonåren, som hans pappa berättade att mamman vistades på ett mentalsjukhus utanför Paris. Samma dag Henri skulle hälsa på henne för första gången, hade hon tagit sitt liv. Han kunde inte gråta på sin mammas begravning, hur han än ansträngde sig kom inga tårar. Det var likadant då polisen kom hem till dem och meddelade att de lagt ner sökandet efter Claire. Han ville dela fruns förtvivlan ändå hade han svårt att visa några känslor. Hon var otröstlig, grät hela tiden och anklagade honom för dotterns försvinnande. Till slut ledde allt ältande till deras separation.

Det hade blivit mörkt, endast skrivbordslampan var tänd. Han reste sig, vred om ljusknappen, gick fram till skrivbordet, rättade till den vinröda Mont Blanc reservoarpennan, som låg snett bredvid skrivbordsunderlägget. Han letade i skivstället efter en LP med Jean Sablon, lade skivan på skivtallriken och valde det första spåret.

Han slöt ögonen, såg en förälskad ung man stå vid en gatukorsning och väntade på en kvinna. Hon var butiksbiträde i en parfymbutik och vid stängningsdags stod han utanför affären. När han skulle gå henne till mötes svek modet och hon passerade förbi utan att lägga märke till honom. Låten *Vous qui passez sans me voir* var för alltid förbunden med hans hemliga förälskelse. Många år senare hängde i rummet ett porträtt av en ung kvinna.

Då han hörde ytterdörren slå igen masade han sig ner längs den trånga källartrappan och steg åter in i det som han kallade för »skuggornas rike«.

Ett kittlande välbehag spred sig i kroppen när han betraktade den nakna flickan i djup narkos. Det hade räckt med ytterligare en injektion, så skulle hon vara utslagen några timmar till, med risk att hon dött av en överdos. Impulsen att leva ut sexuella fantasier, var mindre lockande än tanken om att återskapa dotterns närvaro, genom att ha henne kvar i huset.

När Claire försvann fick han idén att kidnappa unga flickor, som skulle ersätta hans förlorade dotter. Till en början var det en stimulerande lek med fantasin, efter hand slingrade sig denna önskan gång på gång ur medvetandet, likt ormen som lurar sitt byte. Till slut kunde han inte frigöra sig från dessa infall och fattade beslutet att göra allvar av sina sjukliga impulser i handling. Han kallade det att »rekonstruera ett liv på ett imaginärt plan«.

Han hämtade sjukvårdsväskan, bröt sönder en ampull och doserade rätt mängd sömnmedel. I samma ögonblick som han varsamt tog fatt i hennes arm, vaknade hon. Hon spärrade upp ögonen och försökte resa sig. Han gömde sprutan och sa:

– Lugn...du behöver inte vara rädd... allt har gått bra... du är fri... taxin väntar ...jag har lagt pengarna i ett kuvert. Låt mig hjälpa dig.

Flickan slet av sorgfloret och kved.

– Släpp mig, snälla...gör mig inte illa...hjälp mig.

Under en bråkdels sekund tvekade han, men demonernas frågor om Claire fick honom att blixtsnabbt sticka in nålen. Med ett stönande försvann hon åter in i medvetslösheten.

Han ställde sig bredvid kistan och höll flickans livlösa hand.

– Jag vet inte om du kan höra mig, jag vill inget ont. Det är lika bra du får veta att du inte kommer att lämna huset, varken nu eller i framtiden. Snart väntar ett fridfullt rike där ondskan inte råder.

Han släppte hennes hand som slappt hängde över kistkanten och sa:

– Claire vill träffa dig.

Han fällde ner kistlocket, strök handen över det och vred om nyckeln i det infällda jalusilåset. Därefter gick han efter en kärra och lyckades med en viss möda baxa in den under kistan. Med skälvande händer greppade han handtaget, flyttade fram vagnen och stannade framför en utsmyckad portal.

6

Det hade gått några veckor sedan middagen hos Monsieur Reynaud. De ville skaka av sig det obehagliga mötet och få distans till det bisarra de varit med om. Därför ville de komma bort från Saint-Malo. De kontaktade kompisarna i Göteborg och frågade ifall de ville hänga med till musikfestivalen i Bickershaw i England för att höra The Grateful Dead.

En dag i början av maj damp det ner ett vykort från Robban.

Är i Paris. Självklart jag följer med. Möt mig vid stationen i Saint-Malo klockan två den 5 maj. Marie och Daniel hänger med. De kommer med folkabussen den 6 maj. De har adressen.

Robban

Marie och Daniel var vänner till Robban, som de lärde känna i Göteborg.

Det var mulet väder och det låg regn i luften när han promenerade längs Avenue Louis Martin. Tåget från Rennes stod redan invid perrongen. Han såg ut över folkhavet, familjer med barnvagnar, skrikande småbarn, män med stora resväskor, ett gäng stojande tonåringar med ryggsäckar, alla tycktes vara på väg i någon riktning. Då Robban fick se honom satte han en Napoleonmask för ansiktet.

– Vilken låt Thomas?

– Vad i helvete har du hittat på?

Med »låt« syftade de antingen på en Dylan eller en Grateful Dead låt, som de skulle gissa med hjälp av diverse ledtrådar. Innan Robban ens sagt »hej« sa han:

– Nå?

– Det var enkelt. Sjätte låten, första sidan på *Bring it all back home, On the road again, Your daddy walks in wearin' A Napoleon Bonaparte mask.*

De kramade varandra och han märkte Robbans förändrade utseende – han hade odlat skägg sedan de sågs sist.

– Trivdes du i staterna?

– I början. Senare blev det för mycket av allting, deras livsstil passade inte mig. Jag saknade er, dessutom ville jag inte missa Grateful Deads Europaturné.

– Även vi längtade efter dig. Det låter spännande med den nya sättningen. Donna och Keith kommer att tillföra ett nytt sound. Uppenbarligen är Pigpen inte i bästa form.

– Det gick massa rykten i San Francisco. Jag tror bandet fixat backup ifall Pigpen skulle bli sjuk.

– De spelade i Paris igår. Förresten åker Helena med dom andra?

Han ångrade han nämnde hennes namn, det var ett känsligt ämne, som lade sordin på stämningen resten av vägen hem.

Karin var redan hemma och det blev ett glatt återseende. Hon hade bättre vett än Thomas, eftersom hon inte ställde några frågor om Robbans flickvän.

– Jag fick klartecken från chefen, ledigt från lördag till måndag. Måste till jobbet redan på tisdag, det är en rapport som skall sammanställas. Jag räknar med att Daniel kör hem på söndag kväll, sa hon.

– Hur blir det med Provence? sa han.

– Jo, det ordnar sig, sa hon.

Hon hade förberett en gryta och efter att de ätit, föreslog hon en minisightseeing. De promenerade ner till sitt favoritcafé med utsikt över författaren Chateaubriands grav på ön Le Grand Bé.

Helena och Robban var redan ett par när Thomas mötte

Karin. Då de blev tillsammans hade de fyra umgåtts dagligen. Därför var det oundvikligt att hon kom på tal. Vad hade hänt mellan dem?

– Jag orkar inte berätta. Innan jag åkte till staterna höll vårt förhållande på att knaka i fogarna. Jag var hemma två veckor, men hon var inte beredd att satsa på oss igen.

Robban tände en tändsticka, blåste ut den och sa:

– *Strike another match, go start a new and It´s over all over now baby blue.* Vi pratar om någonting annat!

– Kom, vi skall visa dig ön, sa Karin.

Huttrande i blåsvädret gick de nedför den hala stentrappan som ledde ner till en vågbrytare. I halvmörkret betraktade de silhuetten av holmen. I blåsten, nerstänkta av svallvågorna, sjöng Robban några verser ur *La mer.* Han var märklig, en fullkomlig hängiven beundrare av rockmusik, i samma andetag som han kunde sånger utantill av Charles Trenet, Georges Brassens och Boris Vian.

– Skit i genrer, det finns bara bra och dålig musik, sa han.

»Bra musik« var musik han gillade, allt annat var »skit musik«.

Robban masserade sina händer, kupade och blåste i dem och slöt Karin i famnen och sa:

– Jag lovar dig, vi får inte en andra chans, vi måste fånga varenda sekund.

Robbans närvaro hade samma verkan som en vitaminspruta på Karin. När de kom hem satte de sig i sällskapsrummet med varsitt glas calvados.

– Robban har rätt. Jag vill inte bli en gammal kärring på ett ålderdomshem och ångra allt jag inte gjorde i livet.

Som en självutnämnd general tog Robban kommandot. Han bredde ut en Europakarta på golvet.

– Först kör vi till Calais, sedan färjan över till Dover, därefter sex timmars motorväg via Coventry, Birmingham,
Wigan och slutmålet Bickershaw, ett litet samhälle med
1400 invånare.

Robban hade kommit igång och var uppspelt.

– Efter festivalen drar jag till Göteborg. Jag måste kolla
lägenheten. Senare skall jag träffa världens snyggaste tjej,
Veronica från Lund, sa han och lyfte glaset.

Han hade mött henne på flyget hem. Hon hade fortsatt
vidare till norra Skottland, till ett samhälle som hette
Findhorn. Hon hade vistats där i ett halvår och skulle
stanna ytterligare några månader. Synbarligen hade
tjejen gjort intryck på Robban. Han berättade att stället
var ett slags experimentkollektiv i New Age anda dit folk
från hela världen kunde komma. Thomas visste vad Karin
tyckte om New Age.

– Verkar jävligt flummigt, skulle inte förvåna mig ifall
de trodde på nån slags samklang mellan människan, naturen och trädandar, sa hon.

– Hur kände du till det? sa han.

Hon drog på munnen utan att svara.

Han fortsatte berätta:

– Jo, den gången hon besökte kollektivet, fick hon
hjälpa till med matlagningen. Allting som tillagades
var vegetariskt och de hade egen odling. Det första de
frågade henne var om hon hade någonting emot att skära
i tomater. Findhorns filosofi går ut på att allt levande har
en själ.

Både Karin och Thomas var skeptiska till naturväsen.

– Jag håller mig till vetenskapen, inte till tomtar och
troll, sa hon.

– Visst, det låter påtänt, även om jag finner det är intressant med kopplingen och samspelet mellan människan
och naturen, sa han.

Thomas blev uttråkad av det luddiga snacket och förde över samtalet till ett annat spår.

– Tror du mig om jag påstår att det finns en målning i Rö kyrka i Uppland som kallas för »de tacksamma döda« det vill säga, The Grateful Dead?

– Knappast, var har du fått det ifrån?

Han berättade att de var bjudna hem till Karins kompisar, som var konstvetare. Framåt småtimmarna diskuterade de olika musikgenrer och kom in på The Grateful Dead. Det var vid det tillfället konstvetaren berättade för honom om kalkmålningen.

– Målningen föreställer en kyrka omgärdad av en mur. Utanför muren syns fem soldater, som jagar en riddare. De döda steg upp ur gravarna och försvarade den ensamme riddersmannen. Målningen grundar sig på en legend om en from adelsman, som bad för de avlidna varje gång han red förbi kyrkan. Av tacksamhet räddade de hädangångna denne riddare, därför benämns kyrkmålningen för »de tacksamma döda«.

Robban slog ut armarna.

– Vi fotograferar målningen. Kompisarna i San Francisco blir galna när de får se bilden.

Karin tyckte det var dags att avrunda kvällen.

– När kommer dom imorn? sa hon.

Robban hällde upp det som var kvar av calvadosen och grimaserade då han svepte glaset.

– Vi bestämde ingen tid, men vi måste vara i Dover före ett på natten.

– Ok, Jag går och lägger mig, har bäddat åt dig i vardagsrummet. Säg till ifall du behöver mer täcke, sa hon.

De båda kompisarna öppnade ytterligare en flaska och pratade gamla minnen. Till slut var det Thomas som vinglade bort till sovrummet. Han drog täcket åt sidan och kröp tätt intill Karin, som låg naken.

– Jag blir upphetsad när Robban ligger i rummet bredvid.

Han kommer höra oss älska. Kom, sa hon och sökte hans läppar.

Innan de somnade pratade de om tiden tillsammans i Saint-Malo, Englandsresan och resan till Provence.

– Min moster skrev att vi var välkomna.

– Var det i Aix-en-Provence hon har ateljén?

– En keramikverkstad.

– Du får väl ledigt?

– Förresten, det kändes obehagligt imorse, Monsieur Reynaud stod utanför... mer hann hon inte säga, eftersom Thomas sov.

7

Regnet smattrade mot busstaket, vindrutetorkarna arbetade ursinnigt och svepte undan vattnet som forsade över framrutan. Alla, utom Daniel och Thomas sov. Minibussen for genom ett trist, färglöst gruvdistrikt där natursceneriet ersatts av svarta berg av kol och slagg. Daniel kastade en snabb blick i backspegeln, fick ögonkontakt med Thomas, som lutade sig fram mellan sätena. Han klappade Daniel lätt på skuldran.

– Stanna, såg du inte killen? Vi tar upp honom.

– Du har rätt, han kan inte stå i kylan.

En långhårig kille, med en gitarrlåda, knackade på rutan och Daniel hjälpte in honom.

– Maka på er, ge honom plats.

De flyttade på sig och liftaren klämde sig in mellan Marie och Karin, tog av sig sina immiga glasögon, torkade dem på skjortan och sa:

– Hej, jag heter Declan, är ni på väg till Bickershaw?

– Självklart, Marie heter jag, har du stått länge?

– Frusit i två timmar, ni är dom första som stannat på den här sträckan. Startade imorse från Liverpool och skall träffa kompisarna. Vilken tur ni plockade upp mig. Tror ni vi hinner fram till Grateful Deads konsert?

– Vi måste. Vi har kommit hit enbart för deras spelning, sa Thomas.

– Spelar du i ett band? sa Marie och pekade på gitarren, som han var i färd med att lägga i baksätet.

Han berättade att han spelat på London Folk Club, och nu hade han en duo tillsammans med en kompis.

– Vad kallar ni er? sa Thomas.

– Brist på annat »Rusty«.

– Lever du på musiken? sa Karin.

– Nej, därför gör jag musik till diverse kommersiella reklamkampanjer. Jag och min pappa har spelat in TV-reklam för en läskedrycksfirma.

Resten av resan pratade de om banden som spelade på rockfestivalen. Declan var intresserad av musikfronten i Sverige och frågade om det fanns många musikscener i deras hemstad.

– Kommer du till Göteborg kan jag ordna ett gig till dig, sa Robban.

Thomas kollade på kartan och sa till Daniel:

– Du vet väl var du skall svänga av?

– Det är lugnt.

De anlände till festivalområdet. Hippies med genomdränkta ponchos rände omkring och sökte skydd mot skyfallet.

– Jag har en presenning under sätet, kan du dra fram den? sa Daniel till Robban.

Han var den förste som klev ur och hann ta några steg då han snubblade och föll framstupa ner i en gyttjepöl. En hippie med jeansjackan drypande av väta, hjälpte honom på fötter.

– Välkommen till syndafloden! Taskigt väder, men stämningen är god.

– Tack för hjälpen, var fixar vi biljetter?

– Biljetter? Glöm det. Ett totalt fiasko! De som hade biljetter sprang ut, sålde dom, smet in igen. Arrangörerna gav upp, knalla bara in.

– Vet du när Grateful Dead skall spela?

– Jag är på väg till stora scenen nu, de spelar om tjugo minuter.

Declan och Robban bytte adresser med varandra. Han sa »hej då« till alla och sökte efter sina vänner.

De befann sig mitt i ett folkhav av böljande vågor i regnbågens färger. Sammanslingrade par satt på presenningar, skylde sig med plastdukar och paraplyer, andra dansade i gyttjepölar. Somliga stod stilla, lyssnade som i trance och ignorerade regnbyarna. Många kutade omkring med plastpåsar över huvudet och letade efter en plätt utan gyttja.

Daniel upptäckte en liten öppning nära huvudscenen, skyndade sig ditåt och bredde ut presenningen. Några frågade om de fick plats. De hann sätta sig då konferenciern steg fram och meddelade att en flicka, som kommit bort från föräldrarna, fanns välbehållen i festivalens huvudkontor.

Strax därpå gick det ett sus genom publiken när medlemmarna i The Grateful Dead äntrade scenen. Jerry Garcia satte på sig gitarren, klev fram till mikrofonen, slog an ackorden på introt till *Truckin'* – konserten var i gång.

Ett mirakel hade skett. Regnet hade slutat och en strimma ljus hade lurat sig förbi molntöcknet. Då Bob Weir sjöng de första stroferna av *Jack Straw* slöt Karin armarna om Thomas och drog honom tätt intill sig och de vaggade sakta i takt med rytmen. Detta var ögonblicket de väntat på, musiken frambringade en kollektiv extas och känslan av gemenskap löpte som en varm ström tvärsigenom dem båda.

Spelningen höll på några timmar med fyrverkerier och en vansinnesuppvisning av en dykare som hoppade från ett vattentorn ner i en bassäng. Vid midnatt var konserten slut och efter en kort diskussion var alla överens om att under natten köra tillbaka till Saint-Malo.

9 MAJ 1972

8

Karin klev försiktigt ur sängen, gick in till badrummet och sköljde ansiktet med kallt vatten. Det hade blivit för lite sömn och för mycket calvados. Hon ångrade att hon sagt ja till att jobba direkt efter Englandsresan. Fast hon, som var plikttrogen, ville inte svika arbetskamraterna.

Det enda som hjälpte var en kopp starkt kaffe. Hon masade sig ut i köket, skruvade ihop mockabryggaren, placerade den på spisen, sköt undan tallrikar, glas och en halvtom butelj mot mitten av köksbordet. Sedan satte hon sig med kaffekoppen och skrev en lapp till Thomas.

Hon hällde upp mer av kaffet och tänkte på honom. Killar, som hon träffat tidigare, tog inte hennes åsikter på allvar. Tillsammans med Thomas kände hon en djupare gemenskap. Framförallt kunde han lyssna uppmärksamt på vad hon hade att säga under en diskussion. Klockan var snart halv sju. Tid att ge sig av.

I hallen ändrade hon sig, skyndade sig tillbaka för att hämta Mah-Jong jackan. Hon lutade sig över honom, strök handen genom håret och kysste hans kind.

Himlen var nästan molnfri i en luftig blå nyans och luften kändes morgonkylig. Hon trampade på pedalerna så ögonen tårades. Det var inte alls roligt att cykla den sex kilometer långa sträckan till La Rance, men tanken att komma hem redan klockan tolv gav kraft åt varje tramptag. Hon svängde in på Rue de Dinan och kom ut på cykelbanan, som ledde fram till rondellen vid Rue Doutreleau.

Snart skulle trafiken brusa längs motorleden, fast ännu

var morgonen frisk och klar. Måsarnas skrän, doften av hav, den salta vinden, som blåste genom håret, förde henne för ett kort ögonblick tillbaka till Grebbestad i Bohuslän. Tio år och alldeles i början av sommarlovet. Tillsammans med bästisen Emma, cyklade de till badviken för att ta första sommardoppet. En ändlös sommar väntade, varenda dag blev till ett äventyr.

Solen steg på himlen, hon nynnade på Good Vibrations och var lycklig. Nära mynningen av floden Rance syntes den långa bilbron och huvudkontoret på andra sidan bron. Hon kedjade fast cykeln, gick in i entrén och visade legitimationen.

Anläggningschefen hade lagt kraftverkets årsrapport på Karins skrivbord. Redogörelsen skulle utgöra ett underlag för ett projektsamarbete med Kislaya Guba Tidal Power Station, i närheten av Kola halvön. Det var ett ömsesidigt projekt som de båda kraftverken inlett, eftersom de varit i gång ungefär lika lång tid. Projektet handlade om att vidareutveckla miljöpåverkan av en eventuell utbyggnad av anläggningarna. Maurice kom in till Karin.

– Denise hann inte färdigställa rapporten när hon började mammaledigheten. Din uppgift blir att korrekturläsa och fylla i uppgifter som saknas.

Hon gnuggade ögonen, satte handen för munnen och dolde en gäspning.

– Jag är ledsen att du var tvungen att jobba direkt efter Englandsturen, sa Maurice.

Först köpte hon en baguette och en kopp kaffe i cafeterian. Några timmar senare var hon nästan klar. Hon behövde gå ner till turbinhallarna för komplettera rapporten med de senaste siffrorna angående turbinernas uteffekt till och med april månad.

Hon tog jackan och anteckningsblocket, och åkte med hissen till en kulvert, som ledde in till en hall, likt en futuristisk rymdstation. Det var där de enorma turbinerna fanns under vattenytan, gjorda att snurra åt två olika håll. Åt ena hållet när vågorna strömmade in vid flod, åt andra hållet vid ebb, då vattnet släpptes ut.

Hon gick fram till några ingenjörer i vita overaller, som hjälpte henne med de saknade uppgifterna. På väg tillbaka fick hon syn på en tabell uppsatt på väggen som visade tidvattennivåer och tidvattenströmmar för de följande 30 dagarna. Skulle hon bli kvar och se virvelströmmarna? Hon återvände till ingenjörerna.

– Enligt tabellen för vattennivåer skulle högsta nivån infalla snart. Var ser jag virvelströmmarna bäst? sa hon.

– Ta rampen ovanför oss via trapporna utanför den dörren, sa en av ingenjörerna och pekade på en grå metalldörr i kortändan av hallen.

Hon tackade, fast blev rådvill om hon skulle hinna. Hon hade endast sett på film vad den enorma energi, som den roterande vattenrörelsen kunde åstadkomma. Nu hade hon chans att uppleva virvelströmmarnas kraft på riktigt och bestämde sig för att stanna. Hon skyndade sig och sköt upp den gråa metalldörren och kom ut i en lång korridor. Sedan tog hon trapporna till plattformen, som var avsedd för anläggningens tekniker när de skulle besiktiga turbinerna, som var monterade under vattnet.

Hon andades tungt då hon befann sig på den våta avsatsen och sökte den bästa utsiktsplatsen. I samma ögonblick hörde hon dörren bakom sig slå igen. Hon vred huvudet snett bakåt, stelnade till och störtade mot trapphuset vid ena sidan av rampen. Hon ökade farten, flämtade efter luft, sprang uppför lejdaren och tryckte ner metalldörrens handtag.

9

Thomas väcktes ur drömmen när ytterdörren stängdes. Han hade uppträtt naken i en pjäs, glömt alla repliker och publiken hade buat. Klockan var kvart över tolv och han sjavade sig ut i pentryt och upptäckte lappen Karin skrivit:

Jag ville inte väcka dig. Kommer hem vid 12- tiden. Måste säga hej då – innan de åker. Puss & Kram, vi ses snart.

Han gick in till Robban, som läste en bok.

– Jaså, redan uppe? Jag tror Marie och Daniel tankar Folkan. Jag vaknade då dom smällde igen dörren.

– Du har väl läst den, sa han och höll upp *Skogsliv vid Walden*.

Thomas nickade till svar.

– Ju mer jag läser Thoreau, desto mer inser jag hur fel vi lever. Tänk så mycket skit vi omger oss med, jag vill leva ett enklare liv.

– Ok det är bra, men nu har vi viktigare saker att göra.

Robban följde i hälarna på Thomas, som satte på kaffe och tog fram baguetter.

– Ni har det fint, det märks att ni älskar varandra.

– Kan ni inte bli sams?

Robban skakade på huvudet.

– Nej, det är kört. Vi pratar om någonting annat nu. Minns du att vi snackade om vilka LP vi skulle ta med ut ur ett brinnande hus. Ärligt talat, vilka sex stycken skulle du välja idag?

– Människor som hela tiden säger »ärligt talat« ljuger. Skämt åsido, vi har inte tid, vi måste göra oss i ordning.

Du får hänga med in till sovrummet, ifall du tvunget skall snacka.

– Vad tycker du, *Electric Flag*, *Dylan*, *Grateful Dead* och *The Band*?

Thomas tyckte han blev tjatig.

– Var det inte sex plattor?

– Jo, *A long time comin*, *Bringing It All Back Home*, *Highway 61*, *Blonde on Blonde*, *American Beauty* och *Music from Big Pink*.

Han brydde sig inte om Robbans svar utan sa:

– Hon borde varit här nu.

Robban gick fram till köksfönstret för att se om kompisarna visade sig i gatuvimlet. Slutligen öppnade han fönstret, stack ut huvudet, men ingen av dem syntes.

– Tror jag skall ringa till hennes jobb, börjar bli orolig, är inte likt Karin, hon brukar hålla koll på tiden.

– Hon kommer vilken minut som helst, sa Robban och tog tag i honom.

Han slet sig loss och skyndade sig in i vardagsrummet. Fem minuter senare kom han ut blek i ansiktet.

– Vad har hänt?

– Karin har inte kommit tillbaka från turbinhallen, hon är försvunnen, jag måste till La Rance.

Han gled undan då Robban försökte hålla om honom och satte sig på en stol med händerna på knäna.

– Vi fixar det, vi sticker iväg när Marie och Daniel är tillbaka.

I samma stund som Robban gick fram till fönstret hördes steg och glada röster i trappan. Han hastade sig ut till hallen, öppnade dörren och signalerade med ena handen att de skulle dämpa sig. Det var som om de förberett sig för ett glatt födelsekalas, men kom till en begravning. Robban förklarade läget och Daniel skyndade mot ytterdörren och sa:

– Vi tar Folkan, kom nu.

De överraskades av ett störtregn när de sprang till Folkabussen. Thomas lotsade Daniel i den täta trafiken. I själ och hjärta var han skärrad och fick en kuslig föraning om vad som väntade. Då de nådde fram släppte de av honom.

– Vi väntar på dig vid parkeringen, sa Daniel.

Han rusade in i entrén, blev insläppt och gick raka vägen till Maurices kontor. Dörren var öppen och han stack in huvudet och sa:

– Ursäkta, vi talade med varandra nyss.

Maurice reste sig snabbt från skrivbordet.

– Jag skall hämta Jean, han kan berätta mer.

Han kunde inte sitta still utan klev omkring i rummet. Efter en stund kom chefen in tillsammans med kollegan till Karin.

– Jean träffade Karin innan hon skulle ner till turbinhallen.

Han satte sig mitt emot Thomas.

– Vi pratade om virvelströmmarna, strax efteråt skulle hon komplettera några siffror för en rapport. Hon frågade ifall jag ville bistå med uppgifter i redogörelsen innan hon cyklade hem, men kom inte tillbaka.

Jean harklade sig, gned sina händer och tittade ner mot golvet.

– Hennes cykel står kvar i cykelstället. Tänk om det har hänt henne någonting, jag har letat på alla ställen.

Maurice lade handen på Thomas axel.

– Jag har kontaktat polisstationen i Saint-Malo och gjort en anmälan. De skickar hit polistekniker snart.

– Jag vill helst dröja kvar här idag, sa han.

– Jag förstår, dock är det ingenting du kan göra nu. Vi är tvungna att lita på att polisen sköter sitt jobb. Innan de tar kontakt måste de först sätta igång med en grundlig undersökning. Därefter har de för avsikt att träffa dig och komplettera den information de fått av oss. Du får avvakta tills imorgon, sa han och gav honom en lapp med poliskommissariens namn.

Han gick med tunga steg ut från huvudbyggnaden och stannade till vid Karins cykel. Regnet duggade tätt och fullständigt våt i håret klev han in i VW-bussen. De anade det värsta, men ingen vågade fråga.

– Snälla, kör mig hem.

Alla hade samma spörsmål på tungan, det var Marie som ställde den:

– Fick du reda på vad som hänt?

– Hon är försvunnen, de har gjort en polisanmälan.

När de kom tillbaka till Rue de Toulouse ville de följa honom upp till lägenheten.

– Jag vet ni vill mig väl, men nu måste jag vara ensam.

De kikade på varandra och nickade och Robban gick efter honom.

– Jag går med och hämtar min ryggsäck.

När de blev ensamma kramade han om Thomas.

– Allt kommer ordna sig, tids nog får du en naturlig förklaring.

Han ställde sig vid fönstret, såg Robban stiga in i Folkabussen och följde baklyktornas röda sken försvinna in på Rue de Dinan.

Det var midnatt och han kunde inte sova utan öppnade ett fönster och spanade ut mot gatan. Han hade inte gett upp hoppet att se Karin komma hem. Det var en hopplös önskan, samma förhoppning hos en dödsdömd, som ställs inför en exekutionspluton och hoppas domen inte skall verkställas.

Han fantiserade det ena scenariot efter det andra. Hade hon träffat någon annan eller planerat gå ifrån honom? Fanns det några ledtrådar i almanackan? Han letade igenom hennes tillhörigheter och hittade den. Hade hon bokat något speciellt för maj månad? Det fanns spridda anteckningar med anknytning till jobbet, inbokade möten med kollegor men ingenting tydde på någonting ovanligt. En enda notering stack ut från de övriga – det var för den 6 maj, i versaler stod det, ENGLAND.

Han upplevde sig som en inkräktare som smutsade ner Karins privatliv, likväl var han ändå tvungen att lyfta på varenda sten för att finna den minsta antydan till hennes försvinnande. Han sökte efter den gröna pappasken hon hade värdesakerna i och fann den i en av nattduksbordets hurtsar. I asken fanns ett par bronssmycken och ringar, fast bärnstenssmycket, som hon fått på födelsedagen, saknades.

Prousts verk stod prydligt uppställda i bokhyllan och på sängbordet låg *Kring Guermantes*. Han tog upp den och lade märke till ett bokmärke i början av sista kapitlet. Han mindes hon hade sagt hon skulle hinna till *Sodom och Gormorra* till sommaren.Han såg på de övriga böckerna: Alfred Jarry i urval, Cocteaus *Les Enfants Terribles*, Bulgakovs *Mästaren och Margarita* och Boris Vians *J'irai cracher sur vos tombes*.

Det var litteraturen som förde dem samman. På en fest hos en kompis hade han först sett sig omkring och hälsat på vänner, därefter kommit in i ett rum, som liknade ett bibliotek och upptäckte en flicka, som studerade boktitlarna. Han hade gått fram och ställt en idiotisk fråga om hon gillade böcker. Hon hade vänt sig om, sagt någonting i stil med »ja, gör inte du?« och de hade skrattat åt hans pinsamma inledning till ett samtal. Sedan hade de slagit sig ner i soffan, pratat konst, musik och litteratur hela kvällen tills alla lämnat festen. Han hade blivit imponerad när han fick reda på att hon läste franska författare på originalspråk.

Han hade följt henne hem och de hade skilts utan att utbyta telefonnummer. Efteråt hade han förbannat sig för den missen. Det var Karin som genom universitetet fått tag i numret och ringt honom senare under veckan

och frågat om han ville komma hem till hennes student-
lägenhet.

Var det dags att meddela Karins föräldrar? Han ville
skjuta på det, eftersom han värjde sig för sanningen och
hoppades hon skulle dyka upp nästa dag och ge en rim-
lig förklaring och allt skulle bli bra. Under en bråkdels
sekund uppfylldes han av en total visshet – så måste det
vara. Hon levde, annars var alltsammans meningslöst,
ändå blev han smärtsamt påmind om att det var ett önske-
tänkande, skapad av hans trötta, förvirrade hjärna. Han
var ensam och hjälplös.

10 MAJ 1972

10

Huttrande steg Thomas upp och stapplade ut i köket. Medan han väntade på att kaffet skulle bli varmt, spekulerade han över hur långt polisen kommit i förundersökningen. Hade de varit i La Rance och satt igång letandet eller först ha ett inledande samtal med honom?

Det troliga var att de ville ta reda på alla möjliga skäl till Karins försvinnande, innan de startade en ordentlig utredning. Han drack kaffet stående vid diskbänken och läste Maurices lapp. Med prydlig handstil hade han skrivit »Jaubert« och längst ner stod det skrivet i versaler TA MED KARINS PASS.

Han skyndade sig in på Rue de Dinan, därifrån var det en kort promenad till Place des Frères Lamennais. Han närmade sig ett torg med en mindre park i mitten, tvärs över låg polishuset i grå granit.

Han klev in i huvudentrén, gick fram till disken, presenterade sig och berättade om sitt avtalade möte med poliskommissarie Jaubert. Receptionisten bläddrade först i en stor liggare, därpå ringde hon kommissarien, som bekräftade mötet.

– Ni kan gå upp till andra våningen, första dörren till vänster, rum 245, där poliskommissarien tar emot er, sa hon.

Han knackade, inifrån hördes ett skrapande ljud från en stol, sedan öppnades dörren. En man i 40-årsåldern, med en pipa i handen, stod i dörröppningen.

– Varsågod kom in.

Med en gest visade han på en rottingstol mitt framför skrivbordet.

– Jag hoppas du inte har någonting emot piprök. Poliskommissarien satte futt på snuggan och tog en pärm från hyllan.

– Jag måste ställa ett antal frågor och du kommer troligen att uppfatta vissa som mycket personliga.

Rökpipan hade slocknat, han tände den ännu en gång och drog ett djupt bloss.

– Vi ställer dessa spörsmål för vi är tvungna att vara helt säkra på att vi kan utesluta naturliga orsaker till din flickväns försvinnande.

Thomas skruvade på sig, nickade, plockade fram Karins pass och lämnade det till honom, som i sin tur räckte över ett ark till Thomas. Han tyckte det var obehagligt att hon förringades till några bokstäver nerklottrade på ett pappersark. Jaubert lade tobakspipan på bordet, ansiktsuttrycket visade kontroll, ögonen sa någonting annat. Han flackade med blicken och undvek ögonkontakt. Thomas misstänkte att han kände till mer än vad han ville ge sken av.

– Först vill jag du fyller i uppgifterna i de förtryckta frågorna, på detta vis vi får en helhetsbild av Karin. Ta den här pennan.

Han tittade på frågorna. Det kändes egendomligt att beskriva färgen på håret och ögonen. Hade hon en reseförsäkring? Vilka kontaktnamn, förutom hennes föräldrars skulle han anteckna? Då han var färdig gav han blanketten tillbaka till Jaubert.

– Hur långt har sökandet kommit? sa han.

– Jag återkommer till din fråga. Först måste jag gå vidare med fler uppgifter, sa han och öppnade fönstret en smula och vädrade ut piröken.

–När träffade du Karin senast?

– Måndagskvällen, på tisdagsmorgonen steg hon upp tidigt och åkte till La Rance. Hon skulle återvända vid tolvtiden.

– Hade du och din flickvän grälat eller haft någon konflikt den senaste tiden? sa han och lutade sig fram med sammanflätade händer.

– Om ni påstår att jag på något sätt skulle vara inblandad i min flickväns försvinnande har ni helt och hållet fel, vi älskade varandra och planerade framtiden tillsammans.

– För att undanröja alla tvivel om involvering från din sida är jag tvungen att skärskåda dig, hoppas du förstår det. Jag tror vi är klara med samtliga upplysningar jag behöver. Är det någonting annat du vill tillägga?

Han var osäker ifall han skulle nämna middagen hos Monsieur Reynaud. Jaubert märkte hans tvekan.

– Ibland inbillar vi oss att det man har att säga är betydelselöst. Jag lovar, vi är intresserade av allt som kan leda utredningen framåt.

Thomas berättade om mötet med Monsieur Reynaud, det suspekta intrycket och den makabra föreställningen. Jaubert antecknade frenetiskt under tiden.

– Ni jobbar väl vidare med det jag berättat idag och tar reda på vem som låg i likkistan?

– Det var intressanta uppgifter du lämnade, jag försäkrar dig, alla upplysningar som är av värde tar vi på största allvar. Jag tror vi är redo att gå ner till förrådet.

När de kom ut i gången vände sig Jaubert mot honom.

– Imorse var två kriminaltekniker i La Rance då det var ebb och letade. De gjorde några fynd vid stranden, sa han med en röst lika engagerad som en meteorolog, som läste upp land- och sjöväderrapporten.

Thomas vacklade till som om ett knytnävsslag träffat honom i magen.

Förtegna följdes de åt genom en vidsträckt korridor och tog trapporna till källaren. Han ville ställa frågor, men hejdade sig för tystnaden röjde också ett svar, som han inte var beredd att höra. Jaubert öppnade en skjutdörr och knackade på dörren mittemot. Förrådet liknade ett litet, rörigt omklädningsrum till en gymnastiksal. Åtskilliga hyllplan täckte ena väggen, överfyllda med olikfärgade plastpåsar, försedda med numrerade lappar. Längst inne i rummet stod en man och sorterade persedlar på en bänk. Han höjde handen till en hälsning.

– Monsieur Olivier har ansvar för upphittade klädesplagg i samband med våra utredningar. Kan du plocka fram dagens fynd?

Han tog en gul plastsäck och tömde innehållet. På bänken låg en vit Converse sko, ett par badbyxor, en handduk och en jacka. Jaubert sa:

–Känner du igen någon pryl eller ett plagg, som är Karins?

Detta var ögonblicket han fruktat – identifiera någonting som tillhört Karin. En stöt gick genom kroppen när han upptäckte Karins turkosa Mah-Jong jacka i manchester. Det kändes overkligt, älsklingsplagget, som var väldigt starkt förknippat med henne, hade degraderats till ett anonymt plagg bland tusentals andra kläder i ett kyffigt, illaluktande förrådsutrymme. Med darrande händer pekade han på den, Monsieur Olivier lade jackan i en plastpåse och skrev en ny etikett.

Under tiden som han följde efter Jaubert tillbaka till tjänsterummet, ekade ett enda ord i huvudet – DÖD. Hittills hade det haft ett abstrakt innehåll, ett intellektuellt koncept, ett underhållningsmoment i en spännande deckare. Dessa tre bokstäver trängde in i hjärnan som projektiler och sprängde sönder hans trygghet. Han ställdes inför det oåterkalleliga att inte höra Karin skratta, inte kunna trösta henne, inte känna hennes närhet.

Han öppnade dörren åt Thomas, som satte sig i rottingstolen. Jaubert höll pipan i handen och studerade honom.

– Då vi undersökte jackan noterade vi att den var tillverkad i Sverige och misstänkte kopplingen till Karin. Vi ville vara på den säkra sidan, därav det brutala sättet vi utsatte dig för. Jag är ledsen det här kom som en chock.

Han sänkte blicken mot golvet och pressade samman händerna. Jaubert observerade hans skick.

– Vill du ta en paus, en kopp kaffe? Vi kan träffas senare i eftermiddag?

Han orkade inte svara, önskade bara komma hem.

– Det är bra, fortsätt ni.

Journalisterna skulle snart få reda på att en utländsk kvinna anmälts försvunnen och ställa besvärliga frågor. Därför var det tvunget att ha mycket på fötterna för en förestående intervju. Jaubert tvekade, likväl fortsatte han:

– Teknikerna intervjuade ingenjörerna och de sa att strax innan Karin lämnade turbinhallen hade hon studerat tidvattenstabellen. Hon hade även frågat ingenjörerna var hon kunde studera virvelströmmarna.

Han gjorde en kort paus, tog en tändsticka och skulle tända pipan men avstod, lade den ifrån sig och såg allvarligt på honom.

– Den troliga förklaringen till Karins försvinnande är att hon halkat, ramlat i vattnet, dragits ner i virvlarna, slagit huvudet i ett stenblock, svimmat och följt med vågorna långt ut till havs.

Jaubert satte tillbaka pärmen i hyllan och satt stilla några sekunder.

– Tidvattensströmmarna kan föra en kropp miltals bort. Sannolikheten att finna kroppen är mycket liten. Jag beklagar olyckan om det gått till på det viset. Dessvärre har jag ingen möjlighet att göra mer idag.

Han reste sig, drog igen fönstret och sträckte fram handen.

– Så snart jag vet någonting ytterligare kontaktar jag dig, sa han och följde honom till dörren.

I det strilande regnet gick han hem. Världen utanför angick honom inte längre, vädret, trafikvimlet, människorna och barnens stoj, allt var honom likgiltigt.

22 MAJ 1972

11

Några veckor hade gått och poliskommissarie Jaubert hade inte ringt. Thomas sov oroligt på nätterna. Tidsuppfattningen hade blivit rubbad, i ett zombieliknande tillstånd irrade han omkring på gatorna utan egentligt mål. En dag stod han utanför caféet i Dinard. Det tog honom två timmar att gå tillbaka till Saint-Malo.

Vattnet trängde in i skorna, de blöta strumporna skavde fötterna för varje steg. Regnet öste ner då han kom fram till portuppgången och när han gick uppför trapporna, hördes ett klafsande ljud. Han strök bort regnvattnet ur ansiktet och tog upp nycklarna. När han skulle låsa upp tycktes Karins röst komma inifrån. Han öppnade dörren och störtade in. Det enda som han uppfångade var ett svagt strilande ljud och sorlet från gatan.

Han slängde sig i soffan och stirrade mot taket. Kroppen kändes bedövad, huvudet höll på att sprängas. Allt hopp var ute, ändå famlade han efter det sista halmstrået. Alla kloka ord han läst, var fanns de nu? Han tänkte på Martin Birck som sökte *en tro att leva på, en stjärna att styra efter, ett sammanhang i tingen, en mening och ett mål.* Vad var det för tröst att kunna briljera med ett citat från Hjalmar Söderberg, om det inte hjälpte honom?

Konfirmationsprästen hade sagt att det fanns ett syfte med allt. Även om vi inte kunde förstå det mitt i en djup sorg, skulle gud avslöja det senare i livet. Prästen var ett skämt, han skulle inte ens rådfråga honom om han skulle köpa en ny cykel. Vad var det för mening med att Karin försvann ur hans liv, hur skulle han någonsin kunna förstå det? Sedan konfirmationstiden hade han varit ateist.

Han hade haft otaliga diskussioner med teologer på olika sammankomster. En sak de hade gemensamt då de trängdes in i en hörna var att de bytte ut »gud« mot floskler, som »djupet i ens själ« eller »en dimension som har med livets andlighet att göra«. På ett sådant sätt kom de undan motståndarnas attack. Hjälpen skulle inte komma, varken från gud eller någon annan överjordisk makt. Den skulle han söka själv.

Han mindes det gamla paret på tåget till Saint-Malo. De kunde dela på motgångarna och stötta varann. Vem skulle han vända sig till? Karins önskan att de skulle ha ett lyckligt liv tillsammans, den drömmen var krossad.

En dag gick han ut till tamburen, tog pinnstolen och vickade omkull den i golvet. Han stampade, hoppade och trampade sönder den i småbitar.

Han kom ihåg en klasskamrat, som omkommit vid en obevakad järnvägsövergång. Pappan i familjen hade en dag kastat iväg bord, stolar och soffor på gatan och tänt eld på möblemanget. Då tyckte Thomas att det var en vansinnig handling, nu förstod han mannens reaktion.

En morgon steg han, orakad och sjavigt klädd, in i bageriet vid Rue de Toulouse. Butiksbiträdet frågade vänligt hur det var fatt. Han kände sig angripen och skällde ut biträdet för att lägga sig i hans privatliv. Efteråt var han djupt ångerfull.

Det kunde gå mer än ett dygn utan att han lämnade våningen. Han brydde sig inte om någonting längre. Han vankade omkring i lägenheten naken eller bara i pyjamas och struntade i hygienen. Varför skulle han bry sig? Det spelade ingen roll, allt var meningslöst. Han åt inget på flera dagar. Han hade lagat soppa och när han skulle sätta sig och äta blev han illamående och rusade in i toaletten.

En natt bar han ut allting som fanns i sovrummet in till vardagsrummet. Sedan gick han tillbaka, satte sig på golvet med ett block och en penna och antecknade:

Jag håller på att tappa kontrollen över mitt liv. Vad är det som händer med mig? Har jag mist förståndet? Kan en galning ställa sådana frågor?

Han satt länge och bligade på det han skrivit.

Fastän han inte var säker på att han någonsin skulle våga läsa de nedklottrade anteckningarna skrev han varje dag i timmar om sina djupaste tankar om existensen och döden.

Efter några dagar kom han till insikt om att det enda sättet att bevara närheten till livet var att skriva, skriva och åter skriva. Vägen ut ur självdestruktiviteten skulle ske med hjälp av pennan. Denna kunskap blev räddningen för honom och han gick med på och bestämde sig för att genomleva mörkrets och sorgens processer i alla dess stadier.

Under de senaste dagarna hade han genomlidit de svåraste ögonblicken i livet. Nu återstod att meddela Karins föräldrar det ohyggliga. Hur skulle han klä i ord det ofattbara och hemska? Varje gång han slog numret lade han tillbaka luren.

Slutligen ringde han. Då de tog emot sorgebudet ville de inte ta till sig det ofattbara beskedet, de blev arga och vägrade tala med honom. De pratade i munnen på varandra, först mamman, kort därpå pappan. Det hördes snyftningar, långa stunder var det tyst. Han fick upprepa samma meddelande till dem i olika omgångar.

Undan för undan sjönk det smärtsamma budskapet in i medvetandet. Det var hustrun, som sa de skulle komma så fort som möjligt och bad honom kontakta polisen om deras ankomst.

Följande dag hörde poliskommissarie Jaubert av sig och

bad om ursäkt. Ingenting nytt hade framkommit, de ämnade lägga ner sökandet och skulle rubricera händelsen som en drunkningsolycka, därmed skulle brottsmisstanken avskrivas. Skulle någonting mer tillkomma i utredningen skulle han naturligtvis meddela sig.

Han insåg att han inte längre kunde vara i Saint-Malo, utan ta tåget hem, så fort Karins föräldrar åkt. Fortfarande hade han kvar lägenheten vid Landsvägsgatan, bredvid Järntorget i Göteborg.

12

Det var en ny, frisk morgon, solen sken från en klarblå himmel när Monsieur Reynaud kom ut ifrån villan med en turkosblå transistorradio. Mardrömmarna, den pinande ängslan, den ångestfyllda tyngden, som plågat honom var borta.

– Gå du in, sa han.

Han såg Claire öppna bildörren till den nyinköpta Citroën DS 21 och sätta sig i baksätet. Hon var fin i klänningen i rosa och orange och blivit en attraktiv ung kvinna, men hade kvar sin nätta, flickaktiga figur.

Han hade besökt Ginette åtskilliga gånger, ändå inte lagt adressen på minnet. Ur plånboken tog han fram en lapp, vred om startnyckeln och körde ut på motorvägen i riktning, söderut mot Mont-Dol. Han knäppte på transistorradion, vände sig om och lade den i sätet.

– Sitter du bekvämt? Det är väl första gången du åker i pappas nya bil?

Från radion hördes Michel Delpech sjunga *Wight is Wight Dylan is Dylan, Wight is Wight, viva Donovan, C'est comme un soleil dans le gris du ciel.*

– Skruva ner volymen, är du snäll, sa han, men ändrade sig.

– Lyssna du på musiken, vi behöver inte prata, det är roligt att du åker med.

Han växlade upp till fyran och tänkte på sammankomsten med frimurarlogen i Saint-Malo. Claude hade tackat för den intressanta bjudningen, därefter tagit honom avsides och antytt vara mer försiktig när det gällde val av middagsgäster och andra aktörer. Då han på det förtroliga viset kom med ett råd, var det för att varsko honom.

Vad kan det ha varit Claude råkade höra? Kunde det röra sig om det senaste besöket av poliskommissarien? Efter några obehagliga frågor hade han en känsla av att den där nitiske Jaubert inte riktigt litade på honom. Jag är tvungen att åtgärda det, Ginette måste hjälpa mig.

Han lättade på slipsknuten, knäppte upp skjortan i halsen och öppnade sidorutan. Då luften strömmade in, kom han att tänka på åkturerna i likbilen. De gånger hans pappa körde till lasarettet i Rennes och skulle hämta ett lik, fick han följa med. En frostig vinterdag, när de var på väg hem, råkade han säga att det luktade konstigt. Den gången hade pappan vevat ner framrutan och tvingat honom sitta i vinddraget hela resan. Några dagar senare låg han nerbäddad med frossa.

Mitt inne i sina tankar höll han på missa avfarten vid Mont-Dol. Strax syntes kyrktornet i byn Miniac-Morvan, därifrån var det en fyrtio minuters raksträcka till Rennes. Nära stans utkant tog han en genväg genom ett industriområde kantat med stålstaket och rostiga plåtskjul. Han väjde för några smågrabbar, som spelade fotboll bland pappkartonger, tomburkar, krossade flaskor, utspridda längs gatan.

Han var på rätt gata, eftersom han kom ihåg det utbrända huset. Ett par hundra meter längre ner, invid en ruin av tegel, bodde Ginette.

– Lova mig att inte öppna för någon. Jag skall ordna en sak, sa han.

Han låste bilen och greppade tag om handtaget flera gånger. Från grannhuset hördes bråk och skrik.

Han knackade, en kvinna i 30-årsåldern öppnade dörren på glänt. Utan att hälsa steg han in i hallen, fortsatte vidare in i ett angränsande rum och mötte en man som satt på en stol med bar överkropp. Mannen fimpade cigaretten och klev fram med utsträckt hand.

– Försvinn härifrån, detta är ett privat möte, sa Monsieur Reynaud och pekade med handen mot utgången.

– Du stör mitt levebröd, sa Ginette.

De gick tillsammans in i sovrummet och hon klädde av sig. I mitten av rummet stod en bred säng med skrynkliga lakan, en fåtölj och en kommod överfylld med parfymflaskor.

– Jag har inte kommit för det vanliga besöket, du skall få betalt ändå, lyssna först på mig.

Hon tog på sig kläderna och erbjöd honom med ett tecken karmstolen.

– Jag föredrar att stå. Snart kommer du få påhälsning av polisen från Saint-Malo. De avser att veta om du varit hos mig en lördag i april i år och medverkat i en show eller någonting liknande. Lämna ett svävande svar, framför allt, neka inte att du besökt mig.

– Sådana lättförtjänta jobb tar jag gärna emot i fortsättningen, sa hon och bugade sig överdrivet.

– Det är inget skämt, det är allvar, jag litar på dig, sa han och drog fram plånboken.

Hon tog tacksamt emot sedlarna och stoppade dem i en plåtburk under sängen. Han var på väg när hon grep honom i armen.

– Lägg av, ingen kroppskontakt idag, har jag inte klargjort det, sa han och sköt undan henne.

Han skyndade sig in i fordonet, vred huvudet aningen snett bakåt.

– Claire, jag lovar att det är sista gången jag kör hit.

Ännu en gång åkte han via industriområdet. Han äcklades av att ha legat med Ginette, såsom många andra okända män gjort. Hur har jag kunnat sjunka så djupt? sa han till sig själv och gasade på betydligt över hastighetsgränsen ut på motorvägen.

En halvtimme senare låg Rennes långt bakom, trafiken flöt på utan onödiga stopp. Under resten av färden var han tyst och glädjen från morgonen hade falnat. Vid avfarten till Le Vivier-sur-Mer höll han på krocka med en lastbil, som kom i hög fart från det motsatta hållet. Han tvärnitade, körde in på sidan och svor.

– Vilken tur inget hände...jaså du sover...ja, ja jag skall inte störa dig.

En minnesbild dök upp i huvudet. Det var sommar och det var hans födelsedag. Pappan hade lovat de skulle åka till havet. Efteråt skulle de köra till Saint-Malo och äta crêpes. Dagen före födelsedagen hade han varit på vinden och lekt och hittat gamla fotografier i en pappkartong. En bild visade mamman tillsammans med en man i uniform. Han kände till hur en uniform såg ut, det hade hans pappa lärt honom, då han visat honom ett fotografi av sig själv i soldatuniform, taget strax före krigsutbrottet 1914. När pappan fick se fotografiet med mamman och den okända mannen, rev han det i småbitar, och gav honom en örfil. Därefter började utskällningen. Han kom inte ihåg mer, med undantag av den sista meningen:

– Du får inte berätta för någon om kortet, förstår du det?

Omedelbart därpå hade pappan rusat in till sovrummet och inte visat sig förrän nästa dag – det blev varken födelsedagskalas eller utflykt. Många associerar en likbil med döden, inte för Monsieur Reynaud. För honom symboliserade den, brustna löften, skam och smärta.

Långt senare, efter pappans död, hittade han ett fotografi gömt bakom en bokhylla. Fotot återgav fem kvinnor, tätt intill varandra, avklädda, med rakade huvuden. En kvinna hade ett blodigt ansikte och ett inristat hakkors på kinden. En av kvinnorna var hans mamma.

Det började skymma. Han satte på strålkastarna, lämnade motorvägen, tog grusvägen fram till villan, körde in på uppfarten och parkerade. Han tittade in i Citroënen, gick uppför stentrappan, vred på huvudet, men såg ingenting annat än mörker. Därefter låste han upp köksdörren och steg in. Ur den tomma bilen, hördes från den portabla radion, Brigitte Bardot sjunga *Tu veux ou tu veux pas?*

13

Thomas satt på fyrans spårvagn på väg hem. Det var skönt att vara hemma i Göteborg, ändå upplevde han sig som en vilsen turist i sin egen hemstad. Det kändes vemodigt att återse de gamla välkända platserna starkt förknippade med Karin. Han mindes de långa promenaderna, samtalen om stort och smått, diskussionerna om litteratur och musik.

Då han fick syn på Folkets hus ställde han sig upp för att stiga av. Han sneddade Järntorget, vek in på Landsvägsgatan till tvåan, som han hyrde med så kallat rivningskontrakt, kallt vatten och dass på gården.

Lägenheten var städad, eftersom hans föräldrar tagit hand om den. Kort innan de åkte till Frankrike, hade Karin flyttat in hos honom. I sovrummet blev han påmind om henne. Klänningar, strumpor, underkläder låg prydligt hopvikta på sängen, på golvet fanns oöppnade kartonger. Han satte sig på sängkanten och strök varligt över kläderna.

Dessa plagg förblev livlösa tills man associerade dem med en speciell person. Den ljusblåa klänningen fick liv i samma stund Karin valde ut den bland hundratals andra klänningar. Då livet upphör, förlorar även ett föremål sin specifika innebörd och förringas till en persons ägodel. Vad skulle han göra av Karins kläder? Skänka dem till Myrorna eller Amnesty? Eller lägga allt i en stor tunna, hälla på bensin, tända en tändsticka och ordna ett ceremoniellt farväl, som de sörjande vid Ganges?

Det dröjde ett par dagar innan han blev hemmastadd.

Han beslöt bryta isoleringen, gå till studentkåren, ta en öl och träffa studiekamrater. I trapphuset luktade det matos och från våningen nedanför sjöng Bernt Staf om familjelyckan.

Landsvägsgatan kändes hemtrevlig, han andades in den friska höstluften och för ett kort ögonblick fylldes han av hopp. Han skyndade mot Haga Östergata, svängde av till Sprängkullsgatan och tog sig sedan in på Vasagatan.

Det fina vädret lockade ut människor på promenad, förälskade par höll om varandra och det väckte minnen. Efter ytterligare några hundra meter var han framme vid Götabergsgatan och med en viss tvekan gick han ner till kårkällaren.

Det var högljutt och stimmigt. I baren köpte han en öl och letade efter kända ansikten. Kamrater från tidigare kurser kallade på honom. Eftersom de inte visste någonting om hans privatliv slapp han besvärliga frågor. Ändå uppfattade han sig som en skådespelare som väntade på att leverera inlärda svar. Sedan de utbytt de vanliga hälsningsfraserna smälte han in i gänget. En flicka mitt emot kom och satte sig intill honom.

– Hej, Thomas, du känner väl igen mig?

Han tittade upp.

– Jo...E...Elin,...Ellen, visst ja, vi gick i samma kurs i metod och teori förra hösten.

– Du kommer ihåg mig i alla fall? Du skrev om Hjalmar Söderberg? Hur går det? Jag har inte sett dig på hela vårterminen.

Han smuttade på ölet och ställde glaset åt sidan.

– Nja, jag gjorde ett litet uppehåll, men har börjat igen. Du själv då?

– Vänta, jag skall bara köpa en öl.

Under tiden såg han sig om i lokalen bort mot bordet, där Karin och han brukade sitta. Nu satt ett par, livligt gestikulerande, av allt att döma i en diskussion. Ellen kom tillbaka och satte sig närmare honom.

– Min forskning? Jodå, det går framåt.

– Vad handlar din avhandling om?

– Om religiös problematik hos Graham Greene, fortfarande har jag inte bestämt någon titel.

Det högg till i hjärtat. Skulle han avslöja att han träffat honom?

– Graham Greene är en av mina favoritförfattare, jag är inte troende, dock har jag funderat på resonemanget i anknytning till skuld och nåd i hans böcker. Är det inte i regel *the bad guy* i dramat som träffas av guds godhet?

– Ja, den som minst förtjänar, åtminstone i våra ögon. På samma sätt är det väl också i det verkliga livet när det gäller mänsklig kärlek?

Han tyckte Ellen var rolig och lätt att prata med och verkade sympatisk, dessutom hade de gemensamma intressen.

– Du, jag måste sticka, någon väntar på mig hemma, en som förtjänar min kärlek, sa hon och log.

– Jaså?

– Ja, Simson, min katt. Det skulle vara kul träffa dig igen, jag skriver upp mitt telefonnummer. Du får gärna ringa om du har lust, sa hon och räckte honom servetten med numret, gav honom en kram och sa hej då till kompisarna.

Också han beslöt att gå, tömde glaset på den sista skvätten och skyndade sig mot utgången. Han begrep att mötet med Ellen var en engångsgrej, dömd att misslyckas, tog servetten och kastade den i närmaste papperskorg.

Utanför lägenheten kom han på att brevlådan inte var tömd. I boxen låg tre brev från universitetet och ett från Robban. Det hade gått en månad sist de skrev till varandra. I hallen läste han vad Robban skrivit.

– Fan, Robban och Veronica är här om fyra dagar.

De närmaste dagarna ägnade han åt det praktiska. Han

hade varit på institutionen, haft ett möte med handleda-
ren, lämnat ett förslag på varierande infallsvinklar och
frågor kring arbetet med avhandlingen.

På nätterna började åter mardrömmarna hemsöka ho-
nom. Han hade vaknat mitt i natten, efter att i en dröm sett
Karin, med ett vanställt, uppsvällt ansikte. Några kvällar
vågade han inte sova. I en annan dröm hördes knackningar
på ytterdörren. När han öppnade, stod Karin, alldeles blöt
i håret och ville komma in. Sedan steg hon in i köket och
drack vatten.

Fredagen i samma vecka ringde Robban från Malmö. De
hade kommit med färjan via Dragör till Limhamn och
stannat i Malmö för att byta ett avgasrör. De beräknade
vara hos honom runt åttatiden. Först skulle han kolla att
allt var ok med lägenheten i Masthugget.

Thomas funderade på vad han skulle bjuda dem på.
Längs Landsvägsgatan fanns alla möjliga butiker, för den
skull hade han inte bråttom. Senare på eftermiddagen
gick han till systemet och köpte några flaskor vin och
shoppade för kvällen. Det var ett par timmar kvar tills de
skulle komma, därför utnyttjade han tillfället att förbe-
reda grytan.

Resten av dagen ägnade han sig åt sin vetenskapliga
studie och skrev ett avsnitt, i syfte att uppmärksamma
Söderbergs objektiva syn på bibelforskning, trots reli-
gionskritiken. Han hade skrivit spridda reflexioner an-
gående Söderbergs kritik mot forskare, som analyserat
Gamla testamentes texter kring Moses, för att gagna egna
syften, när han hörde steg i trappan.

Han klev ut i trappuppgången, denna gång var det inga
glada tillrop och skämt från Robban. Han kramade Thomas
länge utan att först säga något.

– Jag är alldeles mållös och lider med dig.

Därefter presenterade han flickvännen.

– Veronica hängde med för hon skall skriva in sig på Socialhögskolan i Lund på måndag.

Hon gav honom en kram och lämnade över en Beaujolais Nouveau.

– Ni hade inte behövt köpa någonting. Tack så mycket. Ni är väl hungriga? Jag har lagat en ordinär variant av boeuf bourguignon. Nu äter vi.

De bänkade sig vid köksbordet, Thomas tog vinflaskan och fyllde deras glas.

– Varsågoda, ta för er, sa han.

De tittade på varandra och Robban sköt fram terrinen åt flickvännen. Ingen sa nånting, det var hon som bröt tystnaden.

– Du sa vi skulle få en enkel rätt, det var det godaste jag ätit, var har du fått tag i receptet?

– Karin fick det från en arbetskamrat på kraftverket.

Istället för en pinsam tystnad räddade Robban situationen.

– Veronica är en riktig frankofil.

Innan Thomas hann svara flikade hon in.

– Allt jag vet kan jag tacka pappa för. På tal om Saint-Malo, han ropade in ett originalrecept på Chateaubriand på auktion. Det hade tillhört monsieur Montmireil, kökschefen hos den berömde författaren.

Hon tog mer av grytan och nickade gillande åt Thomas.

– Pappa har samlarmani. En gång kom han hem med Strindbergs handskrivna recept på »Kalvlever Anglaise«. Mamma fick inte reda på priset.

Veronicas närvaro hade en märkbar påverkan. Stämningen blev bättre, de mörka tankarna skingrades tack vare hennes okonstlade uppriktighet och det verserade sättet att föra en konversation.

De hjälptes åt att duka av och Thomas gjorde en lätt knyck med huvudet bortåt rummet intill.

– Gå ni in, jag kommer med kaffet.

Hon frågade efter toaletten, han rynkade på näsan och pekade med tummen nedåt.

– Tack, jag förstår, hoppas det finns en lampa i dasset, sa hon.

Han gick in till Robban med kaffekannan och fyllde hans kopp.

– Minns du i Saint-Malo, rollerna är ombytta, du skall vara glad du träffat Veronica, lämna henne inte, hitta inte på några dumheter.

– Jag vet vad du menar. Jag lovar att Helena är vaporiserad, hon är historia, du behöver inte hetsa upp dig för min skull.

Veronica kom tillbaka och gnuggade händerna över armarna och sa:

– Robban, ge mig lite kaffe, är du snäll.

De fortsatte berätta om sina upplevelser från Findhorn men det märktes att de ändrat åsikt.

– Man löser inte världspolitik med tomtar och troll, sa Robban.

– Nej, behållningen med vistelsen var det sociala experimentet, hur vi fungerar i grupp för att lösa olika problem, sa Veronica.

– För mig blir det politik framöver, sa Robban och lutade sig tillbaka, därefter bytte han spår och frågade:

– Har du några planer för framtiden?

Thomas låtsades inte höra frågan.

–Ni vill väl ha mer vin? sa han.

Bägge nickade och han hämtade buteljen.

– Minns du liftaren, som vi tog upp på väg till Bickershaw? Vi satt på en pub på järnvägsstationen i Glasgow och såg på TV, då visade dom en reklamfilm för läskedrycker och jag kände igen killen, han spelade gitarr och sjöng bra, sa han.

– Jaså, ja han snackade någonting om reklamjobb. Kul

för honom. Du måste berätta vad du tyckte om konserten med Grateful Dead, sa han och gav Robban flaskan.

Han fyllde på vin i glasen och satte sig till rätta.

– Det var den bästa Dead konsert jag varit på. Vilket magiskt ögonblick när de framförde *Dark Star* i mörkret. Tråkigt att vi inte fick lyssna på Brinsley Schwarz, dom har jag börjat gilla.

– Vi får tänka på Veronica, hon är utled på vårt snack, sa Thomas.

– Inte alls, jag tycker det är fascinerande höra er prata. Jag tror vi mår psykiskt bättre om vi går in för ett intresse. Människor som saknar passion intresserar mig inte, sa hon.

– Det skålar vi för mina vänner, skål för passionen, sa Robban.

Kvällen ägnades åt Robbans planer på att börja plugga igen och Veronicas framtida studier. Klockan hann bli över ett, det var dags för vännerna att bryta upp. Då han skulle stänga dörren, sa Robban:

– Jag skall bo några dagar hos Veronica. Jag hör av mig när jag är tillbaka.

Han såg de båda gå över gårdsplanen hand i hand. I det svaga skenet från gårdslampan betraktade han Karins och sin cykel stå lutade mot varann, som ett älskande par som omfamnade varandra.

14

Många år hade förflutit sedan Thomas lämnade Göteborg. Efter disputationen tjänstgjorde han på flera olika skolor. Han sökte även ett antal lektorat, till slut fick han en tjänst på en mindre gymnasieskola i Hässelboda i norra Skåne.

Hässelboda var en liten stad, som stoltserade med sin största kulturella satsning – en Pompejiutställning. »En död stad skryter med en utställning om en annan död stad«, tänkte han. Hässelboda kändes begränsat, Malmö gråtrist. Ibland längtade han till storstadens brus och Köpenhamn blev en tillflyktsort.

Han trivdes på jobbet. Trevliga arbetskamrater, snälla elever och en förstående rektor, ändå fattades någonting. Han hade bestämt sig gå i pension tidigare och det var inte långt kvar till terminsavslutningen.

Han satt i lärarrummet och väntade på en psykologilektion, innan han kunde åka hem till Malmö. Han betraktade sig som en statist i ett skådespel, replikerna var inlärda men kände inte någon inlevelse för rollen. Han hade såpass med rutin att han inte behövde planera lektionerna. Bland kollegorna höll han masken eftersom det fanns moralpoliser. Många år i yrket lärde honom ett knep. I skolan hade han med sig en kontorspärm vart han än gick. En lärare med en mapp, var oantastlig, utstrålade ordning och reda.

En vecka senare satt han i skolans aula och lyssnade på rektorns tal till avgångseleverna, efter premieutdelning, stipendier och »Den blomstertid nu kommer« var skolans värld för Thomas avslutad för gott. Kollegiet och skolledarna samlades efteråt för de sedvanliga excessiva tacktalen till blivande pensionärer.

Han ägnade eftermiddagen till att sortera bland alla pärmar han samlat på sig. Han förmådde inte tänka på hur många timmar han ägnat åt meningslösa konferenser och åren som fladdrade förbi. Var detta allt han hade levt för, inspärrad i tidens fängelse där all gemenskap var synkroniserad. Vad återstod sedan? Grinden stod öppen, utanför väntade en frihet i ensamhet.

Han hade kommit in i en ny livsfas. Skolan kändes avlägsen. Han var åter flanören som betraktade livet från trottoarkanten, resa vart han ville, göra precis det han hade lust till.

Oaktat friheten, gjorde sig de förflutnas minnen påminda. Det gick inte fly undan, förr eller senare skulle demonerna hinna ikapp honom. Läraryrket blev ett sätt att lägga det gamla bakom sig. Även om han inte umgicks med människor på fritiden, träffade han lärarkollegor varje dag på skolan, som bidrog till att han härdade ut ensamheten. Jobbet fungerade som en skyddszon, betygssättningar och tråkiga möten höll minnesbilderna av Karin på avstånd.

Det var värst på kvällarna. Han var rädd för natten och skuggorna. I sina mörkaste stunder önskade han att det hade funnits ett kemiskt preparat, som kunde utplåna minnen. Han ville formatera om hjärnan från gammalt bråte, precis som han gjorde med datorer. Priset att vara människa var kanske att bära på minnen och acceptera dem? Hur lyckas man med det? Skulle terapi hjälpa?

Kompisarna, med undantag av Robban, hade han inte längre kontakt med. 1977 hörde Daniel av sig en enda gång. Han hade ringt för att tala om att killen, de plockat upp på väg till Bickershaw, släppt en LP, inte med sitt eget namn, utan med ett artistnamn.

Han träffade Robban då och då, fast kontakten blev allt mer sporadisk. Senast var för över tre år sedan. Välansad, kortklippt och tre dagars skäggstubb. Han hade kommit så långt ifrån sina ungdomsideal som det var möjligt. Borta var tankarna om idealsamhället och idén om ett anspråkslöst liv, som motvikt till människans ständiga jakt efter materiella fördelar. Han mindes honom läsa Thoreaus *Skogsliv i Walden* och refererade till dennes filosofiska tankar.

Han var vd för ett börsnoterat företag, gift och skild två gånger och nyligen träffat en 24 år yngre kvinna. Han körde omkring i en ny BMW, hade villa i Askim i Göteborg. Thomas hade frågat om han köpt Dylans nya CD, då hade han undvikit att se honom i ögonen.

– Du vet, *The Times They Are a-Changin* och vi med dom, ärligt talat, var det jävligt längesen jag lyssnade på Dylan.

Thomas hade haft kortvariga kärleksrelationer, det längsta i fyra år. Det var som om han levde med ögonen fäst vid backspegeln eftersom alla kvinnor han mötte jämförde han med Karin, utom Ellen.

Den gången de hade träffats på kåren hade han fått hennes telefonnummer. Efteråt ångrade han sig för att ha slängt det. Långt senare sökte hon upp honom. En kväll stod hon utanför lägenheten och ringde på. Veckan därpå flyttade hon in. De disputerade samma år, strax efteråt hade hon erhållit ett högskolelektorat i Umeå. Han blev kvar i Göteborg. I början höll de kontakten och de träffades par gånger om året. Avståndet dem emellan gjorde att känslorna för varandra bleknade och med tiden försvann.

Några veckor hade passerat efter det att han slutat jobba och han bestämde sig en gång för alla göra ett bokslut över sitt liv. Det var sedan han läst en samling zenbuddistiska berättelser han bestämde sig. En handlade om två munkar som vandrade längs en lerig väg efter ett kraftigt skyfall. Snart träffade de på en geisha som ville slippa lervällingen. För att hennes vackra kimono inte skulle bli smutsig tog en av munkarna flickan i famnen och klev till andra sidan av vägen. Stillatigande vandrade munkarna i flera timmar, men när de närmade sig klostret sa en av dem:

– Varför bar du geishan i famnen? Sådant får vi inte syssla med.

– Jag satte ner flickan för länge sedan. Bär du alltjämt på henne, svarade den andre.

Han var trött på havererade parförhållanden, less på att jämt se livet i ljuset av det förgångna. Han önskade han hade en vän, som var pålitlig och som kunde vara en samtalspartner. En terapeut var inte rätt person för honom. Han ville diskutera med någon som inte hade färdiga svar, som lyssnade och reflekterade över hans situation. Han hade läst i tidningen att blivande psykologer gjorde sin praktik på psykoterapimottagningen i Lund. En ännu inte färdigutbildad psykolog tilltalade honom, därför kontaktade han mottagningen. Han hoppades detta var första steget till ett nytt liv. Efter några veckor kom en inbjudan till ett introduktionsmöte.

Samma vecka han fick kallelsen var han på väg till Lund. Han blev villrådig och tänkte avblåsa det hela. Men han intalade sig det var för sitt eget bästa, vem vet, kanske skulle han må bättre om han gick i samtalsterapi?

Det kändes sommarvarmt då han steg av tåget. Han promenerade genom Lunds gator och märkte att studenterna ersatts av planlöst strosande turister i sommarkläder. När han kom till Bredgatan vek han av till gamla lasarettsområdet där kliniken låg.

På en skylt stod det att man inte behövde anmäla sig utan sitta och vänta på sin tur. Han tog fram brevet och läste informationen. Detta första möte skulle vara ett slags planeringsmöte för kommande samtalssessioner. Så småningom skulle han sättas upp på en lista och avvakta tills han kontaktades.

Skulle han verkligen vilja blotta sina innersta tankar, i ord klä de mest intima känslor för personer han inte kände? Han insåg vad han höll på att bli indragen i. Han kunde ännu tacka nej. Han reste sig och skyndade sig ut i solvärmen. Han kom ihåg det äldre paret på tåget och deras maxim: *Lev som du levde för andra gången och som om du första gången hade handlat så galet som du håller på att handla nu.*

Han sa till sig själv:

– Har jag levt, utan att riktigt leva? Jag måste få till en förändring, inte i en diffus framtid.

Orsaken till de oförlösta känslorna, de svikna förhoppningarna bottnade i att han aldrig fick veta vad som drabbade Karin. Han var på det klara med att han var tvungen en gång för alla ta reda på sanningen.

15

Sedan beslutet att inte gå i terapi, kändes det mer hopp-fullt inför framtiden. Kanske hade åren bidragit till att han fick distans till sitt förhållande till det som varit. Det var inte längre det desperata fasthållandet och längtan efter tiden i Saint-Malo tillsammans med Karin, utan snarare ett uppvaknade att längtan rörde sig om någonting annat. Han rannsakade sig och undrade om detta sökande egentligen handlade om längtan med avseende på sig själv som ung och oförstörd?

Saknaden efter Karin fanns kvar, fast han hade funnit en stilla glädje när han såg tillbaka på tiden med henne. I ensamma stunder satt han och bläddrade i ett fotoalbum från 1972. Han tyckte särskilt mycket om en bild, där Karin stod framför ett skyltfönster med barnvagnar, leende, med ett låtsasgrepp, hålla i handtaget till en barnvagn. Fotot var taget under en promenad, strax efter hon sagt att hon längtade att få barn. Ytterligare ett kort, den 4 maj, Karin med håret fladdrande i vinden, taget med Fort National i bakgrunden. Hon hade vridit huvudet i halvprofil och reminiscensen och känslorna från detta ögonblick då deras blickar möttes, hade etsat sig fast. Det var det sista fotografiet av Karin – hon hade fyra dagar kvar i livet.

En dag bestämde han sig för att rensa ut allt som hörde till skolan. Fortfarande fanns det mappar och studieböcker i bokhyllorna, som inte kom till någon användning. När halva sopsäcken var fylld, gjorde han en upptäckt. En mapp som innehöll utredningen om Karin, kopior av transkriberade förhör av polisen och poliskommissarien, stod jämte de övriga pärmarna. Sist han läste dessa dokument var för tjugo år sedan.

Han tog åter del av protokollet, sammanställt av Jaubert. En sak slog honom, något han grubblade över. Av vilken anledning hade inte Jaubert kommit med en återkoppling till de uppgifter han lämnat?

Monsieur Reynauds skugga vilade ovanför honom. Han förebrådde sig att han inte mer aktivt undersökt av vilket skäl polismyndigheten hade avslutat fallet. Varför dröjde han sig inte kvar i Saint-Malo? På ett märkligt sätt hade svaren på frågorna blockerats och tvingas ner i det omedvetna. Först i ålderdomen, hade han mod att rannsaka sig för sin feghet.

Han mindes första mötet med Monsieur Reynaud. Den gången genomskådade han dolda sidor av honom då han smusslade med servitrisen. Han såg hur Monsieur Reynaud lade en papperslapp i den unga kvinnans hand. Vad kan det ha varit för ett meddelande? Det kändes obehagligt, den absurda middagen, den kusliga föreställningen och rollen som Monsieur Cul-de-sac.

Varför hade han inte lyssnat på Karin? Tanken hade inte föresvävat honom tidigare. I det ögonblicket han iklädde sig rollen, hade han övertagit Monsieur Reynauds alter ego Monsieur Cul-de-sac – en personifikation av namnet. Vad han än företog kände han sig misslyckad och hamnade i en mental återvändsgränd – han hade blivit Monsieur Cul-de-sac.

Hade han fått tillfälle, hade han ställt Monsieur Reynaud mot väggen och frågat ut honom. Han ville veta om han fortfarande levde och i så fall om han bodde kvar i samma hus. Kanske var det möjligt att hämta uppgifter om var han vistades de sista åren och om det existerade några släktingar i livet.

Han chansade och mejlade till folkbokföringsenheten i

Saint-Malo. Det dröjde tre dagar, sedan kom ett svar. I folkbokföringsregistret fann de Henri Eugen Reynaud, född den 3 juli 1933 i La Boussac, död den 6 juli 1991 på ett sjukhus, L'hôpital de Ville-Évrard. På förfrågan beträffande släktingar, fanns endast en systerdotter, Yvette Duvernoy, född den 3 juni i Morlaix 1967. Det stod ingen notis ifall Monsieur Reynaud och makan skulle varit skilda. Hon avled 1979.

Han hoppades få veta mer om honom och googlade på L'hôpital de Ville-Évrard. Det visade sig vara ett sjukhus för psykiatrisk vård, strax utanför Paris. Han bestämde sig att ringa sjukhuset och komma i förbindelse med någon läkare, verksam på 1990-talet, som kunde lämna upplysningar om Monsieur Reynaud. Kvinnan i växeln hänvisade honom till chefsläkaren Ribot, den äldste bland läkarna. Eftersom det var hans lediga dag fick Thomas mejladressen istället.

Senare på kvällen skrev han till doktor Ribot och svaret kom två dagar senare. Han verifierade att Monsieur Reynaud varit patient på sjukhuset, dock gav han inga detaljer kring sjukdomsbilden. Han dog på sjukhuset 1991. Psykiatern, ansvarig för Henri Eugen Reynaud, var Grete Kolling. Några år efter Monsieur Reynauds död flyttade hon hem till Danmark. Hon hade numera egen praktik i Köpenhamn. Doktor Ribot avslutade mejlet genom att hänvisa till den danska läkaren för vidare upplysningar.

Han googlade på Grete Kolling och hittade hemsidan där hon presenterade sin psykodynamiska psykoterapi och hennes forskningsprojekt vid Center för Psykoterapiforskning. Han mejlade henne, beskrev sitt ärende och frågade om hon hade tid att träffa honom.

Det gick en vecka utan något svar från Grete Kolling. Han kände ånger för att han hade skrivit brevet. Vad tjänade till att gräva i det förgångna och betrakta det nuvarande i det glåmiga ljuset av dåtiden. Skulle han spendera resten av livet, genom att söka sig bakåt i tiden och likväl inte få reda på sanningen? Han insåg det vansinniga i hur han hanterat sitt sätt att leva. Kanske var han nödgad till slut acceptera att Karin fallit i vattnet och drunknat och att kroppen förts långt ut i havet.

Plinget i mejlboxen förändrade på en handvändning alla gissningar han haft om Karins försvinnande. Mejlet från Grete Kolling, bestyrkte misstankarna om Monsieur Reynaud:

Hej Thomas,

Jag har tagit del av ditt brev och jag förstår det är viktig att få reda på omständigheterna kring Karins öde. Även om sanningen kan vara plågsam är det bättre att ta del av den verkliga tilldragelsen än leva i ovisshet. Det stämmer, jag hade ansvar för Monsieur Reynauds psykiska hälsa. Jag fick en djup insyn i hans mentala status de tre åren han vårdades på L'hôpital de Ville-Évrard. Efter att jag läst din berättelse och med de faktaunderlag jag har om mannens själsliga tillstånd, är jag benägen att tro han på något sätt är involverad i din väns försvinnande. Ifall du tror jag kan hjälpa dig med ytterligare information, är du välkommen för samtal apropå de frågor du ställt dig under alla år. Mer om de pusselbitar jag tror mig kunna delge, berättar jag när vi träffas. Ring så kommer vi överens om en tid.

Med vänlig hälsning,
Grete Kolling

16

Följande morgon var Thomas tidigt uppe. Han mådde bättre sedan han fått svar från Grete Kolling. Mejlet var en bekräftelse på att han var på rätt spår och fick därför en ny motivation att gå vidare. Efter frukosten ringde han läkaren. Han uppfattade henne som vänlig och genuint intresserad. Eftersom mottagningen genomgick en renovering, bestämde de att träffas i hennes bostad.

En regnig, grådaskig höstdag var han på väg till Köpenhamn. Medan han närmade sig Öresundsbron tänkte han på mötet med psykiatern. Skulle hon avslöja detaljer ur Monsieur Reynauds journal eller hålla på sekretessen? Han hoppades få reda på i varje fall så pass att han kunde fortsätta självständigt.

Han hade ställt in GPS:en på Nørreport. Därifrån skulle han promenera till Grete Kollings lägenhet. Han parkerade nära Q-Park jämte Israels Pl invid Nørreport och tänkte ta gångstigen genom Ørstedparken.

Det var välbekanta kvarter för honom, eftersom han gick långa promenader, i »Hjalmar Söderbergs fotspår« en gång om året. Vissa tillfällen gick han från författarens grav vid Vestre Kirkegård, till Nørre Farimagsgade, där Söderberg bott i slutet av 1930-talet. Emellanåt utökade han rundan till hans sista hem vid Øster Søgade.

Vädret hade klarnat, solen strålade genom de tunna, gråa molnen, luften kändes höstligt klar. Det var gott om tid, därför tog han en omväg för en längre promenad.

Han gick in i Ørstedparken, genade över gångbron intill den lilla sjön och några minuter senare kom han ut på Nørre Farimagsgade. Han hittade fram till nummer 13 och kände igen fastigheten efter Grete Kollings beskrivning. På utsidan av huset fanns stuckaturer i kalk som föreställde lejon och änglavarelser. När han öppnade porten mötte han en stillhet, som om tiden stannat. Den blå nyansen i trapphuset, den gammaldags lyktan vid trappräcket ingav en sällsam känsla av fin-de-siècle. Han skyndade sig uppför trapporna till tredje våningen och ringde på. En kvinna i 70 års åldern, med grått, kortklippt hår, låste upp dörren.

– Välkommen, du måste vara Thomas, kom in.

Han hängde av sig jackan och följde henne in i sällskapsrummet.

– Thomas, du kallar mig Grete, så har vi klarat av den formella biten. Det är endast vid mycket speciella tillfällen jag tar emot besökare i våningen, jag gjorde ett speciellt undantag för dig.

I salongen var det högt till tak med utsikt mot Ørstedparken.

– Slå dig ner, jag skall hämta kaffet, sa hon.

Han tittade ut över det sparsmakade, smakfulla inredda rummet med bokhyllor längs sidoväggarna. Han kikade på böckerna, de flesta hade franska titlar. Han lade märke till karmstolen, som var designad av Hans J Wegner och på väggen hängde landskapstavlor i olja.

– Jaså du beundrar Viggo Pedersen, de är hans tidiga verk som jag ärvde från föräldrarna.

– Jag kände inte till konstnären, fast när jag var på Waldermarsudde i Stockholm fanns några verk av prins Eugen, som påminner om hans uttryckssätt.

– Ja, det kan stämma, de var verksamma under samma tidsperiod. Vi dricker kaffe först och fortsätter sedan i ett annat rum.

Hon serverade Thomas och visade med handen kakbrickan på serveringsvagnen.

– Du sa du är pensionär. Vad har du sysslat med tidigare?

Han berättade om forskningen och lärartjänsten, uppehöll sig länge kring Karins försvinnande och hur det påverkat hela livet. Han nämnde även den besynnerliga middagen hos Monsieur Reynaud.

– Jag förstår att det är angeläget att få reda på fakta och jag vill tveklöst hjälpa till, sa hon och tog kaffekannan och fyllde på mer i kopparna.

– När det gäller sekretessen behöver du inte vara orolig. Jag skulle hamna i en moralisk knipa, ifall jag inte hjälpte dig. I synnerhet efter din berättelse, dessutom är Monsieur Reynaud död, och vad jag vet fanns det bara en släkting kvar 1991. Då sjukhusets jurister sökte anförvanter till Monsieur Reynaud lyckades de spåra en halvsyster. Dröj ett ögonblick, jag skall leta upp några noteringar.

Hon kom tillbaka med en uppslagen pärm och läste tyst för sig själv.

– Enligt anteckningarna hade systern, Nicole, som tagit mammas flicknamn, Duvernoy, inte levt tillsammans med familjen Reynaud, utan hon hade blivit uppfostrad av sina morföräldrar i Saint-Brieuc. Tydligen kunde hon visa upp dokument som bevisade att Monsieur Reynaud och hon hade samma mamma.

– Folkbokföringsenheten i Saint-Malo bekräftade att det skulle finnas en anförvant kvar, det är en systerdotter, Yvette Duvernoy, som bor i Dinard. Då jag letade i den lokala telefonkatalogen på nätet fanns endast en person med det namnet, insköt han.

– Jaså, hade Nicole en dotter? Det konstiga var att Monsieur Reynaud inte en enda gång nämnde om någon syster, därför utgick jag ifrån att han var det enda barnet.

Grete reste sig och sa:

– När du är i Saint-Malo får du undersöka det hela och försöka ta reda på Monsieur Reynauds släkts bakgrund.

– Jag kontaktar Yvette. Förväntar mig hon kan bidra med mer information.

– Kom, vi går in till arbetsrummet, jag skall visa dig mitt senaste projekt, som måste färdigställas till våren, indirekt är det kopplat till Monsieur Reynaud.

På ett bord stod pärmar uppställda med årtal på ryggarna.

– Det är ett beställningsjobb från ett förlag, och bygger på skilda fall jag haft genom åren. Jag håller på sammanställa fallbeskrivningar till en lärobok för blivande psykoterapeuter.

Hon tog fram en pärm och satte på sig glasögonen.

– Den här innehåller bara om Monsieur Reynaud. Då inser du vilken komplex människa han var? Jag har på nytt gått igenom hans anamnes och den fastställda diagnosen och funnit intressanta detaljer, som jag förstår bättre nu när jag fått ett helhetsperspektiv.

Det började bli mörkt, Grete reste sig, tände takkronan och golvlampan.

– Jag vet inte vad du känner till om Monsieur Reynauds tid på hospitalet. Han var patient på samma sjukhus som mamman. Ett annat sammanträffande var att båda begick självmord på likadant sätt, de kastade sig från sjukhusets tak.

Han satt fullkomligt förstummad.

– Sin far nämnde han sällan.

– Han hade varit begravningsentreprenör, eller hur? sa han.

– Det är riktigt och av honom tillägnat sig allt om yrket, men inte utövat det, till pappans förtret. Han hade även lärt sig snickra likkistor och det valde han som fritidssysselsättning på hospitalet. Kistan han begravdes i, hade han snickrat ihop själv.

Hon öppnade pärmen, försedd med olika sektioner i växlande färger och bläddrade till en röd sektion. Hon tog fram en hopvikt papperslapp och visade den för honom.

– Denna hade Monsieur Reynaud i sin knutna hand då skötarna fann honom, sa hon och läste högt:

– *Jag har offrat min egen Ifigenia och nu får jag ta mitt straff.*

– Han erkände inte vad han vållat, men att han ordagrant återger just det citatet är så gott som ett medgivande.

– Ifigenia, dottern till kung Agamemnon, som skulle offra henne för att blidka gudarna och få hjälp att segla mot Troja.

– Det är korrekt, Monsieur Reynaud hade en dotter, Claire, som försvann under dunkla omständigheter. Låt oss inte fördjupa oss i den grekiska litteraturen, fast jag tolkar meningen som att Ifigenia är Claire, som han offrat och nu får han ta straffet.

Hon gick ut i köket och hämtade öl. Medan han väntade kom han ihåg konversationen med Graham Greene hos Monsieur Reynaud. Författaren hade avslöjat att makarna Reynauds flicka försvunnit och inte återfunnits.

Grete kom tillbaka med två immiga flaskor Tuborg och sa:

– Han nämnde sällan några namn, bortsett från Claire. Sin mamma, Adèle, uteslöt han helt. Henne hade han knappt träffat och det satte djupa sår i psyket. Jag minns en gång när jag försiktigt närmade mig det tragiska slut Adèlé fick. Han försvann och vägrade komma ut från sitt rum i över en vecka.

– Vilken diagnos ställde du?

– Hade du ställt spörsmålet för tjugo år sedan hade jag lätt kunnat ge besked. Idag är jag inte lika kategorisk. Jag ser snarare en diagnos som en övergripande beteckning för en brokig, mångskiftande sjukdomsbild.

Hon gjorde ett avbrott och letade efter de rätta orden.

– Måste jag sätta etikett, är den primära diagnosen anaklitisk depression, det vill säga, som barn blev han fråntagen sin mamma och den saknaden kom han inte över. Under terapisessionerna avslöjade han sina otaliga kvinnoaffärer. Min tolkning var att han sökt sig till dom som ersättning för den närhet han inte fick.

– Har han begått mord, för att känna närhet?

– Det är tänkbart. Jag har läst rapporter om några exceptionella fall. Patienter, som i spädbarnsåldern skildes från mödrar, utan att ha fått någon annan att knyta an till, senare i livet hindrade dom leva ett normalt liv. Vänta, så skall jag leta upp artikeln.

Grete ställde sig framför en hylla med etikettförsedda arkivboxar. Ur en av lådorna tog hon ut en volym av The American Journal of Psychiatry från 1964 och slog efter registret.

– Här beskrivs extrema fallstudier av modersdeprivation i tidig ålder, där individer som vuxna utvecklade en benägenhet att söka en kärlekspartner som liknade mamman, som blivit fråntagen från personen. Ifall närmandet avvisades, blev de aggressiva och förgrep sig på kvinnor och tilltvingade sig sexuell närhet.

Grete letade upp sina glasögon, sedan fortsatte hon:

– Ett dylikt rättsfall inträffade 1963 i Boston, USA. En man, som påbörjade en anaklitisk terapi, hade inrett ett kylrum i källaren. När polisen kom, upptäckte de fem kvinnolik. Jag tror Monsieur Reynaud var kapabel att genomföra extrema och brutala handlingar.

Hon öppnade åter pärmen med Monsieur Reynauds sjukdomsjournal och slog upp en grön sektion.

– Utöver en anaklitisk depression ställde jag ytterligare en diagnos. Jag drog även slutsatsen att det fanns inslag av dissociativ identitetsstörning i sjukdomsbilden. Jag skall ta fram hans akt och sammanfatta det jag noterade.

Hon läste här och där i anteckningarna.

– Av de otaliga sessioner jag hade och de anteckningar han lämnade efter sig, demaskerade jag ett mönster som genomlöpte hela personligheten. Han kände sig främmande inför sig själv. Då jag ombad honom skildra en trevlig resa från barndomen, berättade han om en båtutflykt. Han talade om sig i tredje person istället för i jag-form. Det var som om upplevelsen av den egna identiteten var overklig, att han ville stå utanför och avskärma sig.

Hon bläddrade fram några sidor i pärmen och sa:

– Någonting annat jag fäste mig vid var att han kunde ha olika identiteter och anpassade dessa beroende på vilken situation han befann sig i. Samtidigt som vi samtalade med varandra skiftade han karaktär och alternerade mellan diverse personligheter.

Hon skummade igenom texten och därefter fortsatte hon:

– Jag vet inte om han verkligen led av minnesförlust, så fort jag ställde en fråga som berörde honom obehagligt, låtsades han inte komma ihåg. En dag frågade jag ifall han i barndomen ägt ett husdjur, hund eller katt. Han bligade utan att säga nånting, sedan vände han mig ryggen och tittade ut genom fönstret.

Grete slog igen mappen och sa:

– Under alla år som psykiatriker har jag påvisat att människor som uppvisar drag av dissociativ identitetsstörning tenderar uppvisa minnesförlust, i händelse av att personen begått en hemsk handling.

Han flikade in:

– När beteendet stått under kontroll av en annan identitet, än den för stunden dominerande?

– Det är alldeles riktigt. Du lär dig.

Han gjorde några noteringar i anteckningsboken, hon väntade tills han var klar.

– Vi kan hypotetiskt föreställa oss en individ som begått ett allvarligt brott, då vill personen i fråga tro det är någon annan som utfört det, och på ett övertygande sätt propagera att gärningsmannen skulle gripas.

– Ifall Monsieur Reynaud mördat dottern skulle han vara ovetande om att han var förövaren?

Hon strök handen över hakan och sa:

– Det är fullt möjligt.

Hon försökte läsa i hans ansikte huruvida han förstått allt och fått tillräcklig med information att kunna fortsätta på egen hand.

– Jag glömde säga en sak, det otäcka var att Monsieur Reynaud ibland kunde uppträda alldeles normal. Jag minns främst ett tillfälle då han tittade stint på mig och sa:

– Din blick ser ut som om du var ute efter en diagnos, kan vi inte samtala som två normala människor istället?

En annan gång kom vi in på de anmälningar som kommit in till polisen från kunder, som köpt förfalskad konst av honom. Jag frågade ifall han reflekterade över det omoraliska han ägnat sig åt?

– Det är din värdering som speglar sig i frågeställningen. Varför blanda in moral? Hade du ställt samma fråga till Duchamp? Det är betraktaren som skapar ett konstverk, äkta, alternativt falskt, spelar ingen roll. Om jag ler mot dig och du blir glad, har det någon betydelse ifall det är uppriktigt eller inte?

Hon plockade till sist fram en svart anteckningsbok.

– Monsieur Reynaud hade ett sjukligt kontrollbehov. Ett sätt för honom att inte förlora kontrollen var att skriva. Ett av de få tillfällen jag lyckades tränga igenom hans privata sfär var då han avslöjade att han förde dagbok. Jag frågade när han satte igång med att minnesanteckna, vid det tillfället slöt han sig som en mussla.

Hon bläddrade i dagboken.

– Det han skrev omfattade ologiska, förvrängda tankemönster. Här är en anteckning från den 2 juli 1991, några dagar innan han begick självmord:

Den som lever drömmar skall aldrig vara vaken, förrän sin domedag han nått.

– Likt en palimpsest gäller det att skrapa och tvätta bort texten och komma åt den underliggande meningen.

Han tog sig om pannan och gned med fingrarna över ögonbrynen.

– Jag känner igen orden, känns bekant på något vis, jag kan bara inte placera dom.

– I vilket fall som helst var han bevandrad i världslitteraturen, han skrev inte för andra, endast för sig själv. Det hade varit intressant om vi haft tillgång till fler dagböcker. Särskilt från sextio- och sjuttiotalet.

Det hade blivit mörkt ute och Thomas ville hem.

– Det har varit ett givande samtal, hoppas jag inte tagit för mycket av din tid. Jag tror i alla fall att jag fått all den upplysning jag behöver.

De sa adjö till varandra och när han skulle stänga dörren tog Grete tag i hans arm.

– Lycka till, hör gärna av dig. Jag är nyfiken på hur det kommer att gå.

Dagen blev lyckad. Med den information han skaffat sig, hade flera pusselbitar börjat falla på plats.

Musiken var den fasta punkten i livet, som gav tröst och stöd inför den tomhet han upplevde. Då Grateful Deads europaturné från 1972 kom på CD, skaffade han sig samtliga konserter och lyssnade igenom alla spelningar, frånsett den i Bickershaw. Nu satt han med hörlurarna och njöt för första gången av hela konserten.

17

Thomas klev ur sängen med hörlurarna på, svalget kändes som om han tuggat sandpapper och kroppen värkte. Köksklockan visade strax före fem. Han tittade ut på gatan, gatlyktornas sken blänkte i regnet, en ostadig nattvandrare dök upp med ett paraply framför sig, en cyklist utan lyse vinglade fram på trottoaren. Det var för tidigt för frukost. Han gick tillbaka till sovrummet och sov några timmar till. Väckarklockan ringde ilsket, denna gång var han någorlunda utvilad.

Det hade slutat regna, men vädret var gråtrist och kallt. Efter en timmes väntan i den ringlande bilkön kände han den lätta knycken, då han körde över stålplattan in på bildäcket. När det krängde till och motorerna vibrerade, tog han trapporna till övre däck. Färjan stävade ut ur hamnen, den friska havsvinden kändes skönt – äntligen var han på väg.

Det var kraftig trafik av långtradare i högerfilen, till vänster svischade lyxbilarna förbi. Mil efter mil syntes det nordtyska landskapet glimtvis genom korridorer av bullerskydd. Utanför Lübeck passerade han en krasch mellan en sportbil och en pickup. Poliser, brandbilar och ambulans kom till undsättning. För en av de inblandade slutade livet på en kall asfaltsbeläggning. Ambulanspersonal bar bort en bår, täckt med en filt. Genast får vi en påminnelse om livets skörhet och börjar fundera på vad som är viktigast i våra liv. Lika fullt lever majoriteten som om vi skulle leva i evighet.

Efter ytterligare några timmars körning såg han infarts-
leden till Osnabrück. Han beslöt pausa i en levande stad,
i kontrast mot autobahns trista, gråa Potemkinkulisser.

Sent på eftermiddagen var han framme i Köln och tog in
på ett hotell, ett par hundra meter ifrån centrum. Kölner-
domens gotiska silhuett syntes från hotellfönstret, något
besök i katedralen skulle det inte bli vid detta tillfälle. Bil-
trafiken utanför brusade kraftigt och höll honom vaken
halva natten.

Efter en snabb frukost bestämde han sig för att köra hela
etappen utan paus. Det enda intermezzot, som fördröjde
resan någon timme var ett vägarbete i höjd med Caen. Det
bildades köer på flera kilometer, vägarbetare i gröngula
västar dirigerade bilarna via en mindre väg.

Han kom fram till Saint-Malo strax innan nio på kvällen.
Han hade planerat att ta in på Hotel Chateaubriand där
Karin och han hade bott. Det visade sig vara fullbelagt.
En vänlig portier bad en kollega på ett annat hotell om
hjälp.

– Monsieur, jag har ordnat ett rum åt er på Grand Hotel
de Courtoisville vid Rue Michelet, tio minuters väg häri-
från.

Ett monotont påträngande ljud från en dammsugare i kor-
ridoren väckte honom. I dagsljuset tog sig hotellrummet
betydligt rymligare ut än kvällen innan, med en alkov och
ett skrivbord i ena änden av rummet. Han läste i informa-
tionsbroschyren och skyndade sig till matsalen.

Han ringde upp Yvette, möttes av en telefonsvarare,
talade in ett meddelande och hoppades hon skulle svara
honom senare.

Vilka lögner och svepskäl skulle han ljuga ihop?

Han bestämde sig för en rundvandring och återse gamla platser. Han lämnade Rue Michelet och promenerade söderut mot de centrala delarna. Solen märktes knappt igenom molnslöjorna, fast någon risk för regn föreföll det inte vara. Det kändes hemtamt med doften av salt havsluft, tång och olja, samma känsla som första gången han kom till Saint-Malo.

Efter en halvtimme stod han vid Place Chateaubriand där de avslutade promenaderna på ett café eller en restaurang. Han ställde sig framför La Licorne, ett crêperie, likt den bistron de brukade frekventera. Han tvekade gå in, ändå ville han återuppleva känslan då de hade stigit in i restaurangen.

– Bord för två, hade kyparen frågat.

Han ville tala om för honom, till alla i restaurangen, ja till hela världen att det var endast de två, det stämde, de hörde ihop.

Han mindes pratstunden med makarna på tåget till Saint-Malo och Karins önskan att åldras och känna tilllit till varandra, såsom mannen och hustrun gjort. Hon kunde nämna ett ord och han förstod sammanhanget. På detta vis också för Karin och Thomas. Ett enda ord eller en fras räckte för att väcka liv i olika situationer de delat tillsammans. Ett sådant var »det gamla paret«. Så fort någon av dem nämnde uttrycket visste de exakt vad det betydde. Det blev ytterligare en hemlig kod. De hade ingått en pakt, bara de kände till innebörden i kodorden. Då Karin försvann sände dessa ord och fraser inte några signaler längre.

Vibrationerna från mobilen avbröt honom i hans tankar. Han berättade för Yvette om mötet med hennes morbror. Eftersom han skrev om 70-talet skulle det varit intressant att ta del av Monsieur Reynauds eventuella dagböcker. Hon mindes att hon hade ärvt ett par stycken från mamman och lovade leta fram dem och de kom överens att

träffas samma dag. Han tyckte inte om att ljuga och upp-
levde ett moraliskt dilemma att inte kunna leva upp till
sina principer. Å andra sidan hade han inget alternativ.
Hade hon fått veta det egentliga motivet, hade hon avvisat
honom. Slöjmolnen tätnade, solen hade gått i moln och
inom kort skulle regnskurarna komma. Han skyndade
sig tillbaka till hotellet.

På eftermiddagen begav han sig till centrum och ställde
bilen vid Rue de Toulouse. Han gick längs gatan och letade
efter fastigheten de bott i. Folk var i farten utan hänsyn
till blåsten och duggregnet. Huset var lätt att känna igen,
eftersom många av byggstenarna var försedda med siff-
ror, en av de få fastigheter med erinran kvar från tiden
efter andra världskriget, då de restaurerades enligt ori-
ginalritningarna.

Han tittade upp mot tredje våningen och fragment av
osammanhängande hågkomster for fram genom hjärnan.
Han stod vid köksfönstret och såg Karin komma cyklande
med sin rufsiga frisyr. Hon ropade hans namn när hon
trädde in i hallen och kom sedan in och gav honom en
stor kram. Han mindes känslan när hennes vindblåsta,
lavendeldoftande hår vidrörde ansiktet. Han tog ett tyst
farväl av minnesbilderna virvlande runt i huvudet.

Han promenerade tillbaka, knappade in Yvettes adress
och startade i riktning mot Dinard på andra sidan floden
La Rance. Han körde igenom stadens centrum och en
stund senare var han framme.

Han gick på den välvårdade krattade trädgårdsgången,
som ledde fram till ett vitkalkat hus och ringde på. Det
drog ut på tiden innan han hörde någon komma. Det rass-
lade till i låset och en späd kvinna i fyrtioårsåldern visade
sig. Hon tittade först avvaktande på honom. Då hon fick
reda på det var Thomas, log hon.

– Välkommen in, det är första gången jag träffar en svensk.

Han märkte avsaknaden av fotografier. I bokhyllan fanns helfranska band i ornamenterade guldmönster. Annars var rummet sparsamt möblerat. Tre engelska Chesterfield fåtöljer, ett soffbord uppblandade med sådant som tycktes vara arvegods, Josef Franks Palisander och ett antal etnografiska föremål.

Yvette öppnade en flaska cider och sa:

– Smakar det gott? Det kommer härifrån trakten.

Strax efteråt pekade hon på skrivbordet.

– Jag letade på vinden och hittade dagböckerna. Vad är det du skriver?

Nödtvunget ljög han för henne, som föreföll rar. Han berättade om mötet med Monsieur Reynaud och idén att skriva om sina upplevelser på 70-talet.

– Minnet sviker, därför behöver jag inspiration. Jag minns tankeutbytet på caféet och hans stora passion att föra dagbok. Jag chansade och kontaktade dig.

Han blev förvånad att kunna fabulera fritt. Hon hämtade böckerna och lade dem på soffbordet framför honom.

– Det rör sig om få böcker, möjligen har jag inte fått alla, eller så har han skrivit sporadiskt och inte varje år i följd.

Hon tog en dagbok, bläddrade förstrött i den, betraktade Thomas med sänkta ögonbryn och bet sig i underläppen.

– Skall jag vara uppriktig har jag överhuvudtaget inte tittat i dom. Jag tror mamma träffade brodern bara en enda gång. De var halvsyskon och hon växte upp hos morföräldrarna.

Mamma var förtegen om både sin och min bakgrund, jag fick inte reda på vem min pappa var. Strax efter att jag föddes, separerade mina föräldrar. Jag kanske tråkar ut dig?

Thomas blev tveksam hur han skulle bemöta frågan, eftersom han inte ville verka alltför ivrig att höra fortsättningen. Hennes berättelse var direkt kopplad till de partier av Monsieur Reynauds liv som var mörklagda.

– Nej, absolut inte. Jag tycker det är intressant att höra din historia. Ibland kan det vara bra att berätta händelser ur ens liv till någon, som inte har några band till de berörda, under förutsättning att man litar på personen.

– Precis så tänker jag. För övrigt verkar du sympatisk och lyhörd, och ändå har jag bara känt dig en kort stund. Med lite tur träffar vi då och då rätt person, där personkemin stämmer överens.

Han fann sig obekväm i rollen som en lyssnande medmänniska men kunde inte göra någonting annat. Utan att fråga om han ville ha mer cider hällde hon upp till randen i båda glasen.

– Det var först 1991, samma år morbror dog, som min mamma yppade hemligheter hon dolt för mig i alla år. Hon var den enda släktingen och ärvde allt efter sin halvbror. Mormor var olycklig i sitt äktenskap, sa hon och reste sig.

– Vänta, jag skall hämta brevet.

Hon gick fram till en chiffonjé och ur en av lådorna tog hon ut ett kuvert.

– Adéle skrev det strax efter att hon fött mamma. Det var adresserat till henne och hon hade uttryckligen sagt att det inte fick läsas innan flickan var i tonåren.

Yvette ögnade igenom det och sa:.

– 1941, när Frankrike ockuperades av Tyskland, träffade hon en tysk officer, som hette Steinmetz och de förälskade sig i varandra. 1942 födde hon en flicka, det vill säga min mamma, och avsikten var att Adéle skulle följa med sin tyske älskare till hans hemland. Både deras framtid och deras lycka skulle bli kortvariga, eftersom officeren förflyttades till östfronten. Vid krigsslutet anklagades hon och många andra kvinnor för förräderi och behandlades mycket illa. Alla trakasserier och anklagelser trasade

sönder mormor och till slut hamnade hon på ett hospital
i Paris.

Yvette höll brevet i handen och tittade ut genom fönstret. Thomas, som kände till Adéles levnadsöde, ville inte
avslöja sig, utan frågade:

– Vad hände med Adéle?

– Efter två år på hospitalet tog hon sitt liv.

En stunds tystnad följde, sedan sa hon:

– Jag tror att bördan blev för tung, samhällets fördömande, makens avståndstagande och att hon förvägrats träffa sonen Henri, resulterade i att hon till sist valde
den enda vägen till befrielse.

– Varje människa bär på en hemlighet, för din mormors
del fick hon betala ett högt pris för den lycka hon hemlighöll.

– Mamma nämnde sällan brodern. Jag har många gånger
tänkt på min onkel, hur klarade han sin uppväxt? Han kan
inte haft det lätt, jag minns inte om jag någonsin träffat
honom. När mamma dog 1998 ärvde jag efter henne.

Hon lade tillbaka dagboken och visade med handen på
de övriga.

– Du får gärna låna dem, jag är glad de kommer till nytta.

Han tänkte hur rätt hon hade och samtalet hittills gav
stöd för att hon inte hade någon vetskap om varken Monsieur Reynauds psykiska tillstånd eller hans självmord.

– Du kanske inte är intresserad utan tänkt dig andra
dokument?

– Det blir jättebra, det skall bli intressant, jag behöver
hjälp med tidsatmosfären, det tror jag kan få genom din
morbrors memoarer.

Han ville återvända till hotellet, men visste inte på vilket sätt han skulle avsluta samspråket.

– Tack för allt, det var snällt av dig att hjälpa mig. Tack
också för att jag fick förtroendet att lyssna till din familjs
levnadsöde. Nu måste jag tillbaka till hotellet.

Yvettes ansiktsuttryck avslöjade ingenting, tonfallet röjde en besvikelse.

– Jaså, åka redan? Jag tänkte bjuda på Quiche Lorraine.

– Det hade varit gott, kanske en annan gång? Får jag ta kontakt längre fram?

Hon nickade, gick efter en kasse, stoppade böckerna i den och gav den till honom. På väg ut till vestibulen kände han igen några målningar av Alfred Sisley och Frédéric Bazille.

Hon lade märke till hans intresse.

– Gillar du impressionisterna? Tavlorna i huset har min morbror ägt.

Han tog adjö av Yvette och upplevde sig som en bedragare.

När han kom tillbaka till hotellet var han både fysiskt och mentalt slut och förmådde inte planera läsningen utan sparade den till nästa dag.

18

Nästa morgon vaknade Thomas tidigt. Det var en timme kvar tills de öppnade hotellets matsal. Innan läsningen skaffade han sig en överblick över dagböckerna. Han ville gå metodiskt till väga och planerade att börja med den tidigaste och försöka finna ledtrådar till Monsieur Reynauds mentala utveckling fram till psykosen.

Den första han skrev var från 1966, den sista 1972. Grete Kolling hade några från 90-talet. Eftersom hon analyserat dem noga skulle dessa böcker inte tillföra någonting ytterligare.

Han slog i böckerna. Somliga veckor hade Monsieur Reynaud skrivit varje dag, sedan gick det en period utan att han skrivit nånting. En hel del sidor liknade någon slags klotterbank. Orden formade inga meningar, endast fragment av kaotiska tankar. Ibland upptäckte han ett ensamt ord överstruket och ett nytt bredvid. Han kände på sig att de kommande dagarna skulle bli ansträngande.

Samtliga var av samma kvalité, tillverkade av Moleskine, antagligen specialtillverkade. Omslagen var i genuint läder och årtalet tryckt i guld på utsidan. Monsieur Reynaud hade skrivit dagböckerna med en reservoarpenna och Thomas hade inga problem med hans handstil, som förde tankarna till *Italic handwriting*, en regelbunden, sammanhållen stil. Motvilligt tyckte han bokstäverna var estetiskt tilltalande. Han slog upp första sidan:

1966

11 oktober

René ringde och bjöd mig till filminspelningen av Les Demoiselles de Rochefort. Eftersom jag lovat Claire någonting alldeles speciellt på hennes födelsedag tackade jag »ja«.

12 oktober

Claire fyllde 15 idag. Jag lovade henne en utflykt till Rochefort på lördag och besöka en filminspelning. Hon blev överlycklig och glömde bort presenterna. Jag förväntar mig inte Nadine följer med. Hon brukar skylla på huvudvärk så snart det kommer på tal att vi skall göra en picknick. Jag har inte funderat på vad hon gör de dagar jag inte varit hemma. Dessutom är jag inte intresserad.

13 oktober

Märkligt, jag vet inte mycket om min hustru, ändå har vi varit gifta i många år. Antagligen lurade vi oss själva då vi var nykära. Vi hade en stark samhörighet och trodde vår kärlek skulle vara för evigt. Kort tid efter Claires födelse gled vi ifrån varandra. Jag sökte mig till en början till andra kvinnor, men det dröjde inte länge förrän allt uppdagades.

Jag minns när jag kom hem från Camille, som jag för stunden var tillsammans med. Jag hade inte sagt jag var gift. En kväll smög hon efter mig. Det som utspelades hemma glömmer jag inte. Sedan den kvällen ville Nadine ha ett eget sovrum.

14 oktober

Det var för Claires skull vi höll ihop. Det konstiga var, ingen tog upp frågan om skilsmässa. I efterhand fick jag veta att Nadine varit hos en advokat, antagligen diskuterat villkoren för en eventuell separation.

15 oktober

Claire hade längtat till den här dagen. Hon, som annars är svårväckt, var uppe före mig, när jag kom ut till köket hade hon lagat frukost. Nadine följde inte med. Vi pausade på ett konditori i Boufféré. Efteråt körde vi utan uppehåll hela distansen till Rochefort, vid tolvtiden var vi framme. Vi letade oss fram till torget där inspelningsteamet höll till. Det blev ett glatt återseende med René, eftersom vi inte träffat varandra på två år.

Klockan hade hunnit bli åtta och det var dags att gå ner till matsalen. Medan han väntade på frukosten, reflekterade han över det han läst. Texterna förmedlade inte något spår av psykisk störning, dock kunde man finna uttryck för negativa känslor mellan raderna gentemot hustrun. Det framkom också tydligt att dottern intog ett stort utrymme i hans liv.

Han förlängde vistelsen med två dagar, därefter återvände han till sitt rum och fortsatte läsningen.

15 oktober

René sa vi kunde följa med när de skulle ta nästa scen vid torget. Nyfikna människor chansade att forcera avspärrningen, men vi hade inga svårigheter att bli insläppta, eftersom jag fått ett passerkort. Då vi kom fram filmade de en akt med de två huvudaktörerna Catherine Deneuve och hennes syster Françoise Dorléac. De hade byggt en estrad mitt på torget där systrarna skulle framföra en sång tillsammans. Mycket folk hade samlats som statister kring scenen, när de båda sjöng ledmotivet till filmen.

Claire ville ha autografer, efter tagningen ordnade René en träff med stjärnorna. Jag märkte det fanns en slående likhet mellan Claire och Françoise Dorléac. Filmen kommer, enligt René, upp på biograferna nästa år i mars. Jag och Claire skall gå på premiären. Jag kan inte upphöra att tänka på de båda systrarna, de mest fulländade skönheter jag någonsin träffat.

Han lade ifrån sig boken och tog paus. Hittills innehöll den sådant som vilken dagboksförfattare som helst skulle ha kunnat skriva. Vem var René? Antagligen kände de varandra väl. Monsieur Reynaud visade även en fascination för vackra kvinnor. När han skumläste i dagboken, handlade det mesta om affärer med antikviteter och vilka målningar han skaffade till stamkunderna. Utflykterna med Claire, upptog en stor del. Makans namn nämndes endast i negativa sammanhang.

Han gjorde likadant med nästa dagbok för 1967, snabbläste och bläddrade. Monsieur Reynaud höll sitt löftet till dottern. De var på premiären av Les Demoiselles de Rochefort och han skrev flera sidor om filmen.

Plötsligt hade någonting inträffat. När han kom fram till den 26 juni 1967, hade han skrivit med stora bokstäver över hela sidan, FRANÇOISE DORLÉAC. Därpå författade han ett fem sidor långt avskedsbrev till henne. Tonen i brevet var sådan, att man kunde tro de var intimt förbundna med varandra.

Han googlade på Françoise Doreléac. Kort efter premiären av Les Demoiselles de Rochefort hade hon omkommit i en bilolycka, utanför Nice den 26 juni 1967. Det som förvånade honom var Monsieur Reynauds förtvivlan, som om han förlorat en dotter eller en kär hustru.

26 juni

Hur skall jag kunna gå vidare då du inte längre finns, att dö – att sova – och inget mer, jag vill dö tillsammans med dig, dö och att sedan sova, sova. När vi träffades i Rochefort etsades bilden av ditt ansikte fast på näthinnan, det har inte gått en dag utan att jag tänkt på hur vacker du var. Jag var på premiären med dottern, du var så underbar, full av livslust. Du är inte långt borta från mig, för i detta ögonblick känner jag din närhet, där du är just nu, råder ljuset och friden...

Han gitte inte läsa mer, lade ifrån sig dagboken, skakade på huvudet och tog av sig bågarna. Sida upp och sida ner upprepade han samma jolmiga sätt att skriva, uppblandad med åtskilliga citat från Shakespeare och Racine. Han slog fast att det inte var en frisk människa som skrivit dessa rader. Resten av anteckningsboken ägnade Monsieur Reynaud åt kvasifilosofiska funderingar kring livet efter döden. På nyårsaftonen skriver han de sista raderna för året. Han noterade den exakta tidsangivelsen.

31 dec klockan 23.47

En dag kommer vi kunna röra oss obehindrat mellan denna materiella värld och den beslöjade värld som väntar oss. Första steget är att vakna ur den hypnos vi är försänkta i. Vi måste frigöra oss från de band som håller oss kvar, vi måste vakna, inse vår intighet och hjälplöshet, vi måste dö en gång för alla, för evigt.

Han insåg Monsieur Reynaud kommit in i en ny fas i sitt sjukdomstillstånd. Han erinrade sig Grete Kollings beskrivning på de första tecknen hos en människa på väg in i en psykos. Han fann inslag av bruten verklighetskontakt, vanföreställningar och hallucinationer, särskilt i slutet av 1967.

Grete underströk att Monsieur Reynaud var skicklig på att spela »normal« och lyckades dupera vem som helst. Ändå kunde han försäga sig eller i en handling avslöja sin hemlighet. Han kom ihåg honom i Dinard. Först var han trevlig, kultiverad och intresserad av sina medmänniskor. Det dröjde inte länge förrän han, liksom en falskspelare under några sekunder glömde behålla pokeransiktet, frångick sitt verserade sätt att uppföra sig och blottade intresset för den unga servitrisen.

Han tog fram de återstående böckerna och öppnade dagboken för 1971. Det första han lade märke till var de spridda anteckningarna i början av året, ibland enstaka ord, sedan blev det mer enhetliga stycken.

3 juni 1971

Nadine åkte till sin syster och kommer inte hem förrän nästa vecka. Skönt, då kan jag umgås med Claire. Hon börjar bli en vuxen kvinna. Ibland önskar jag hon förblir som hon är, oskuldsfull flickaktig. Jag vill inte hon flyttar ifrån mig.

Vi gjorde en utflykt till La Pointe du Grouin idag. Det var Claires förslag att vi skulle åka till den platsen. Vi hade med oss en matkorg och på en berghäll åt vi lunch med en fantastisk vy över omgivningen. Det var jättetrevligt! I morgon skall hon hälsa på sin kusin Julie.

5 juni

Var är Claire? Hon är försvunnen, Nadine kommer bli tokig. Det känns som en dimridå, det hemska är att jag bara har osammanhängande minnen från utflykten.

Han satte sig till rätta och tänkte. Det var således Claires idé att åka till La Pointe du Grouin i Cancale? Någonting inträffade mellan den 3 och 5 juni? Vilken var anledningen till att han ville Claire skulle förbli som hon var? Kanske för innerst inne visste han att hon skulle flytta ifrån dem.

Vad återstod sedan? Ensam med en kvinna han inte älskade? Varför dröjde det två dagar innan han frågade sig vart Claire tagit vägen?

6 juni

Hon skulle till kusinen i Rennes. Vi kom överens om att hon skulle ringa så fort hon anlänt. Det har gått 24 timmar efter att hon försvann.

7 juni

Julie sa att Claire inte kom. Jag körde till stationen! Jag begriper ingenting. Jag såg att hon steg på tåget. Nadine har kommit hem. Hon anklagar mig för att jag inte tagit hand om Claire. Jag sa till Nadine att jag skjutsade henne till Dol de Bretagne och att hon därifrån reste vidare till Rennes. Hon tjatar att jag skall ringa polisen.

Det var en vänlig polis som tog emot samtalet. De ställde några frågor och försäkrade att genast vidta rutiner de följde vid ett försvinnande. De skulle komma till oss nästa dag.

8 juni

Polisen kom idag. De samtalade först med oss båda, därefter med var och en. De frågade ifall vi två bråkat, om Claire hade pojkvän. Nadine är förtvivlad och gråter hela tiden.

9 juni

Vi ringde polisen, men de hade ingenting nytt att rapportera. Vi vet inte vad vi skall ta oss till. Nadine går mig på nerverna, hon tjatar hela tiden. Är det inte en befogad önskan att jag yrkar på att hon försvann ur mitt liv? Kanhända jag gör upp med dom om att hon suddas ut helt? Det hade varit angenämt!

För att jag inte skulle ha inbillat mig att jag skjutsat Claire till tågstationen i Dol de Bretagne, körde jag dit idag. När jag anlände kände jag igen busshållplatsen. Jag minns hon kom från stationen med biljetten i handen.

Han tog av glasögonen och masserade tinningarna, slöt ögonen och erinrade sig vad Grete Kolling sagt om Monsieur Reynauds totala minnesförlust, då han fått spörsmål, som kändes obehagliga. I anteckningarna från den 7 juni och några dagar framåt, ställde han frågor till sig själv om dotterns frånvaro. Han kontrollerade platser han besökt tillsammans med henne och förvissade sig om att han inte fantiserat allt.

Enligt anteckningarna var Monsieur Reynaud absolut övertygad att någon annan låg bakom försvinnandet. Han sökte rentav upp polisen i avsikt att få fast en eventuell förövare.

Någonting som Thomas registrerade var orden han använde när han skulle beskriva sin önskan att hustrun försvann ur hans liv. Det föreföll som om han vädjade till en högre instans? Vilka skulle hjälpa honom bli av med Nadine? Vad avsågs med »dem«? Hans känslomässiga engagemang hade samma glöd hos någon som skrivit ett brev till kommunens trafikförvaltning om en begäran att avlägsna en felparkerad bil från ett privat område. Han fortsatte läsa:

20 juni

Det har gått över två veckor sedan Claire försvann och vi har inte fått något besked från polisen. Nadine sitter mest i sitt rum. Vi kan inte längre umgås med varandra.

1 augusti

Nadine undviker mig. En enda gång tvingades vi samarbeta, det var när Julie kom på visit. Naturligtvis hade polisen varit hos henne. Vi hade ett långt samtal och vi gav ett löfte till Julie att hålla kontakt.

12 oktober

Claire skulle fyllt 20 idag. Vi fick ett brev från lärarhögskolan i Rennes. Platsen på skolan stod inte längre till hennes förfogande, eftersom hon uteblivit vid inskrivningen. Den skulle gå till en elev på reservlistan.

Polisen kom hem till oss. De har ingen ledtråd och famlar i mörkret. Snart lägger de ner fallet.

20 oktober

Demonerna har åter börjat uppsöka mig. Jag vill inte träffa dom. Jag vågar inte sova på nätterna. Jag har inte sagt till Nadine om deras nattliga påhälsningar.

27 oktober

I natt anklagade demonerna mig för att Claire försvunnit. Hur kan de säga någonting så hemskt? Hon var mitt allt, jag älskade henne.

Han slog igen dagboken och frågade sig i vilket samband, kopplat till Monsieur Reynaud, hade han stött på ordet »demon« tidigare? Han erinrade sig Monsieur Reynaud viska till flickan i likkistan. Han kom ihåg att han vädjat till demonerna att sluta jaga honom. »Demonerna« återkom för den 20 och 27 oktober 1971 och de anklagade honom för Claires försvinnande. Vilka var »demonerna«?

Vad menade han då han skrev att de inte skulle jaga honom? Fanns förklaringen längre fram?

1 November

Jag har offrat min egen Ifigenia och nu får jag ta mitt straff. Hur skall jag kunna gottgöra skulden? Nadine har börjat misstänka mig, men jag har blidkat Artemis, varför kommer hon inte till min hjälp?

Han funderade på papperslappen vårdarna fann i Monsieur Reynauds hand. På den stod det »Jag har offrat min egen Ifigenia och nu får jag ta mitt straff.« Det var samma citat, som fanns i anteckningen från den 1 november 1971. Ifall Grete Kollings tolkning av meningen var riktig, betydde det att Monsieur Reynaud kunde vara inblandad i dotterns försvinnande. Han tog på nytt fram dagboken och fortsatte läsa:

3 november

Är alltsammans en chimär? Jag börjar tro allt som händer är hallucinationer. Jag vet att jag skjutsade Claire till tågstationen, såg när hon köpte biljetten och vinkade av henne. Vad gjorde jag sedan? Det märkliga är att jag minns inget. Helt och hållet ingenting.

4 november

Jag är rotlös. Nätterna är demoniska och det värsta är tystnaden. Jag har ingen att vända mig till. Ingen kan bota den bottenlösa ensamhet jag känner.
»Den som är hemlös nu, skall så förbli.
Den som är ensam nu, skall ensam leva«

Han märkte en självömkan hos Monsieur Reynaud, som beklagade sig för att inte ha någon att anförtro sig åt. Hade han förlorat verklighetsuppfattningen? Höll de sjukliga tankarna och mardrömmarna på knäcka honom? Anade han priset för sina handlingar att leva i en själslig kramp resten av livet?

Han lade ifrån sig dagboken och bestämde sig för lunch. Medan han gick i trapporna, reflekterade han över vad Monsieur Reynaud skrivit. En sak stod klart. Det var att han måste vara komplett galen. Ena stunden Dr Jekyll, i nästa stund Mr Hyde. Då han träffade honom första gången tedde han sig excentrisk, men efter den makabra bjudningen ringde alla varningsklockor. Varför gjorde han inget? Även om han gått till polisen, skulle de tagit honom på allvar? Knappast. Ifall de hade kört hem till Monsieur Reynaud och förhört honom gällande föreställningen skulle han lätt kunnat slingra sig undan besvärliga frågor. Han skyndade sig in i matsalen, innan de övriga gästerna hunnit inta sina bord.

8 OKTOBER 2012

19

Efter frukosten började Thomas läsa dagboken från 1972.

5 januari

Nadine har börjat tala om skilsmässa. Jag vill inte älta frågan, eftersom det tar för mycket tid. Jag bryr mig inte. Huset äger jag. Det är hon som får gå. Jag flyttar inte från Claire.

Thomas skrev i anteckningsblocket: *vad menar han med inte flytta från Claire?*

10 januari

Idag kom Nadine hem med skilsmässohandlingarna. Hon frågade varför jag vägrade skriva under. Jag kunde inte ge något svar. Någonting inom mig säger att jag måste stå fast vid mitt beslut. Hon har skaffat en lägenhet med två våningsplan i Saint-Malo. Skall bli skönt när hon ger sig iväg.

20 januari

Idag kom flyttfirman. Nadine tog emot dom på gårdsplanen. Det gick undan eftersom hon förberett sig. Allt möblemang i övervåningen fick hon, utom möblerna i mitt arbetsrum. Jag ville inte bråka. Jag lät henne även välja fem tavlor i stora salongen. Vi sa ingenting till varandra när hon lämnade huset. Det kändes besynnerligt. Vi hade ändå varit tillsammans i 20 år.

2 februari

Demonerna kom till mig i natt. En av dom frågade: »Var har du gömt Claire?« Jag fattar inte ett dyft, varför förföljer de mig? Thomas noterade: demonerna, obs! Denna gång vill de ha ett svar!

12 februari

Vaknade klockan tre i natt av en mardröm. Jag stod vid kyrkan i La Boussac och såg en procession. Fyra okända män i albor kom tågande. De stannade utanför kyrkporten. Korsbäraren, iklädd en röd mässhake, vände sig till mig och uppmanade mig deltaga i processionen. Jag följde motvilligt med fram till koret, där en trappa ledde ner till en krypta.

I halvmörkret stod en vit likkista och vi ställde oss jämte den. Jag ville veta vilka som deltog i ceremonin, men upptäckte att de saknade ansiktsdrag. Mannen bredvid mig, sa »Monsieur Cul-de-sac, var vänlig och öppna kistlocket.« Jag vägrade. Mannen viskade »vill ni inte träffa er dotter?« Då jag skulle gå fram till likkistan vaknade jag med ett skrik.

Thomas skrev: Samma scen i samband med tillställningen, förutom frågan Monsieur Cul-de-sac fick och ångestskriket när han vaknade.

13 februari

Jag vågade inte sova. Jag visste att mardrömmen skulle upprepa sig. Jag var vaken till klockan sex, sedan somnade jag och gick upp vid nio-tiden.

14 februari

Jag orkade inte vara vaken. Det skulle jag ha gjort. Jag hade samma mardröm som tidigare. Precis innan jag skulle öppna

Han satt en lång stund och försökte tolka Monsieur Reynauds anteckningar. Han drog sig till minnes diskussionen hos Grete Kolling angående dissociativ identitetsstörning, det vill säga Monsieur Reynaud uppvisade minnesförlust, då han stod under kontroll av en annan identitet.

Strax innan de hade gått ner till det morbida arrangemanget hade han återgett en återkommande mardröm, fast inte exakt såsom i dagboken. Han hade även uteslutit frågan han fått: »Monsieur Cul-de-sac, vill ni inte träffa er dotter?«

Ifall Monsieur Reynaud varit inblandad i Claires försvinnande, hade han förnekat det. En plausibel tolkning var att i drömmen erkänner han sin skuld, fast iklädd en annan identitet, kamouflerad genom mardrömmen han haft. Vilka var demonerna, som återkom flera gånger? Hur skulle han tyda frågan »Var har du gömt Claire?«

Kunde det vara multipla identiteter, maskerade till demoner som ställde frågor, pockade honom utföra handlingar, det medvetna jaget inte klarade av? Till och med i dess arrangerade form var han i hög grad blockerad att han inte ville framträda själv, utan var tvingad att skaffa sig en ersättare. Det var då han erbjudit sig spela Monsieur Cul-de-sac för att slutföra den uppgift Monsieur Reynaud skulle ha utfört.

3 mars

11 mars

*Gick förbi fastigheten vid Rue de Toulouse. Jag kan inte glömma
den svenska flickan. Jag hade tur för när jag skulle gå tillbaka
till mitt kontor såg jag åter henne. Hon låste cykeln och skyn-
dade sig in genom porten.*

4 april

*Graham Greene kontaktade mig, ville jag skulle hjälpa honom
värdera en tavla. Han hade letat efter den svenske konstnären
Erik Olsons målningar från 1940-talet, särskilt tavlor bann-
lysta av nazisterna. Nu fanns en tavla till försäljning i Dinard.
Han var osäker på äktheten och jag lovade bistå honom.*

5 april

*Körde till Dinard för att träffa Graham Greene och passade på
att besöka Odette, som jag lurade att deltaga i arrangemanget.
När jag kom in i caféet hände någonting märkligt. Var det slum-
pen eller ödet, som bidrog till att jag träffade den unge man-
nen jag sett tillsammans med den vackra flickan vid Rue de
Toulouse? Vi hade ett gemytligt meningsutbyte och jag bjöd
paret hem till mig på middag. Tror Graham Greenes namn hade
effekt på honom.*

Servitrisen på caféet hette Odette, som Monsieur Reynaud
tydligen redan var bekant med och det var henne han ma-
nipulerade att vara med i föreställningen på bjudningen.
Anteckningarna från den 5 april röjde ingenting om hans
snedvrida psyke. Tvärtom var han social. Han hade beskri-
vit dialogen med honom som gemytlig. Däremot avslöjade
Monsieur Reynaud någonting annat, sitt spirande intresse
för Karin. Hans beskrivning av Karin var obehaglig.
   Han beslöt gå ner till cafeterian och beställa en café au

lait och en baguette. Han tog plats vid ett fönsterbord, tittade förstrött på människorna utmed Rue Michelet. Varje individ hade unika livsöden att berätta, om ensamhet, kärlekstörst, krossade drömmar men också om hoppfullhet och lyckliga stunder.

Hur hade livet varit ifall Karin levt? De hade nog bott i Göteborg eller strax utanför. Hon ville bo nära havet. Hur hade barnen sett ut? En flicka skulle säkert fått Karins drag. Han insåg det meningslösa i att spekulera, tiden var knapp, det gällde här och nu och han skyndade sig från kaffebaren.

Han bläddrade igenom dagboken och gjorde ett hastigt överslag hur mycket det var kvar. Sedan slog han upp sidan för den 6 april:

6 april

Jag är klar med idén om att rekonstruera ett liv på ett imaginärt plan, det skall bli spännande att testa teorin i praktisk handling.

Första gången jag fick se Odette var jag säker på att hon skulle ersätta Claire. Nu är jag inte lika övertygad. Vad skall jag svara demonerna? De vill ha ett svar.

Långt hemifrån, inga band med Frankrike. Vem saknar en flicka med en tillfällig adress? Jag är övertygad om att hon inte kommer att tacka nej för den summa jag erbjöd. Några timmars arbete, motsvarande en månadslön. Hon kommer inte att stå emot frestelsen. Jag tror jag lät övertygande.

7 april

Jag har arbetat dag och natt i snickeriverkstaden. Pappa skulle ha varit stolt över mig ifall han sett kistan. Jag blev klar med arrangemanget kring drömscenen. Odette tackade till slut »ja«.

*Pengarna avgjorde beslutet. Jag försäkrade henne att omedel-
bart efter föreställningen skulle hon få åka hem, taxin skulle
stå utanför huset.*

15 april

*Middagen förlöpte enligt planeringen. Monsieur Saunier kom
inte till bjudningen, ringde heller inte om återbud. Troligen
hade han låtit en expert titta på karmstolen. Det var inte jag
som påstod den var designad av Josef Frank. Han ville visa sig
på styva linan och pekade ut stolen och sa att han kunde skilja
på falska och äkta ting. Jag skulle velat se hans min, när ex-
perten talade om för honom att den faktiskt var en billig kopia.
   Alla var nöjda. Ännu en gång spelade ödet in. Thomas insis-
terade på att spela rollen som Monsieur Cul-de-sac. Det gick
inte som jag planerat, jag gjorde till slut demonerna till viljes,
därför var jag tvungen låta Odette sova.*

Anteckningarna från den 6 och 7 april visade att Monsieur
Reynaud blivit obeslutsam om Odette var den rätta. Ville
han istället att Odette skulle behålla livet? Thomas anade
vem i så fall skulle ersätta Claire.

Även Monsieur Reynaud hade en moralisk kompass,
fast den rättade sig inte efter några etiska regler. Devia-
tionen berodde på hans multipla personlighet. Han lade
sina moraliska betänkligheter åt sidan, beroende på vil-
ken personlighet som vid tidpunkten var dominerande.
Människor var för honom brickor i ett kusligt spel. Att
han först tänkte skona Odette hade inte med godhet eller
moral att göra. För honom fanns det två skäl. Det första
var att han hade hittat ett nytt objekt, som kunde reali-
sera de morbida idéerna. Den dagen han hade sett Karin
hade han redan beslutat sig. Det andra skälet var att han
var nödsakad att beveka demonerna och ge dem ett svar.
Av den orsaken skriver han den 15 april: *Det gick inte som*

jag planerat, jag gjorde demonerna till viljes, därför var jag tvungen låta Odette sova.

Thomas begrundade det Monsieur Reynaud skrivit tidigare om döden och citerat Shakespeare, *att dö – att sova – och inget mer*, och anade vad han antytt då han noterat »*därför var jag tvungen låta Odette sova.*«

Han hade en anteckningsbok och skrev upp svårtydda ord och uttryck, som fick en förklaring längre fram i dagboken. Upprepade gånger hade han nedtecknat ordet »demon«, den senaste noteringen var för den 2 februari 1972. Han bläddrade tillbaka bland sidorna och läste omigen Monsieur Reynauds annotation, *Demonerna kom till mig i natt och frågade efter Claire.*

Han ansträngde sig för att få ett grepp om Monsieur Reynauds befängda tankevärld och funderade på hur han resonerat. Monsieur Reynaud var tvungen att ha ett svar till dem. Det var bråttom. På grund av detta fortsatte han till slut den djävulska planen och genomförde teorin om att »rekonstruera« ett liv, genom att offra Odette. På så sätt skulle han förmå leverera ett besked. Hur vansinnigt det än kunde te sig fanns en logik i enlighet med hans patalogiska värld »*om att rekonstruera ett liv på ett imaginärt plan*«.

Han återvände till dagboken och bläddrade fram till den 18 april:

18 april

Jag har bevekat demonerna och de var tillfredsställda med mitt svar. De har lämnat mig i fred i tre dagar. De trodde på mig när jag talade om för dom att Claire var i säkerhet. Hur skall jag gå vidare? De kommer kräva att få träffa henne. Jag måste övertala K att komma hem till mig. Ändå väntar jag med att låta K träda in i Dionysos boning.

Han reste sig och hivade iväg boken, som om den varit en giftorm. Han gick några varv i rummet och blängde på den. Sedan han hade lugnat sig, närmade han sig den som om den när som helst skulle hugga honom i handen.

Det var inte svårt att dra slutsatsen vem Monsieur Reynaud avsåg med bokstaven »K«. Varför skrev han inte ut hela namnet? Hade det med hans alternerande personlighet att göra? Med tanke på vad han tänkte vålla, ville han ha distans till sitt offer, annars skulle det bli för påtagligt och nära.

Han befarade att i Monsieur Reynauds förvridna vokabulär betydde »övertala« att med våld tvinga Karin komma hem till honom. Skulle han kidnappa Karin för att stilla hjärnspökena i huvudet? Han tog fram anteckningsboken och noterade: *betydelsen av Dionysos boning? Vad är det han skall vänta med? Betyder det att han avvaktar med att föra bort henne?*

Han var tvungen att återuppta läsningen även om det var svårt:

20 april

Jag tror K är anställd vid tidvattenkraftverket i La Rance. Jag höll uppsikt över deras lägenhet i några dagar. En dag fick jag syn på K, som kom ut från porten. Jag följde efter och observerade att hon steg in på kontoret.

28 april

Jag ville vara hell förvissad om att K verkligen arbetar på vattenkraftverket, därför körde jag dit på morgonen. Klockan åtta gick hon in genom entrén. Jag åkte tillbaka på eftermiddagen och prick fem lämnade K kontoret.

När han läst i dagboken för den 20 och den 28 april, var han spyfärdig, det gjorde ont i hela kroppen och han reste sig för att öppna fönstret. Karin hade reducerats till bokstaven »K«, som högg sig fast i bröstet. Att läsa hur Monsieur Reynaud detaljerat kartlagt Karins sista tid i livet skar i hjärtat. Hur plågsamt det än var återgick han till läsningen:

5 maj klockan 7.30

Var nära att bli avslöjad imorse. Stod utanför tobaksaffären och spanade då K kom ut från fastigheten. Hon såg mig och vi fick ögonkontakt. Visste inte hur jag skulle göra? Jag låtsades som ingenting. Hoppas hon tror det var en ren tillfällighet att jag var där.

8 maj klockan 7.30

Körde till Rue de Toulouse. Det är idag det skall ske. Ställde mig diskret mittemot fastigheten. Hade K försovit sig? Tittade upp mot fönstret men ingen rörde sig i lägenheten. Efter en halvtimme beslöt jag åka hem. Kan det finnas en enkel förklaring varför K inte visade sig? Kanske tog hon ut en ledig dag? Eller så var hon sjuk? Bestämde att återvända nästa dag vid samma tid.

Den skoningslösa sanningen, att Monsieur Reynaud var en ond människa och kapabel till brutala handlingar, hade hela tiden legat i bakhuvudet. Fast för ett kort ögonblick hade anspänningen och för lite sömn plötsligt satt stopp i tankeprocessen och han kunde inte tänka rationellt. Föreställningen att Monsieur Reynaud fortfarande hade makt att styra hans känslor och tankevärld var till den grad så motbjudande att han vägrade ge en galning den rätten.

Han pausade, slöt ögonen och satt stilla i några minuter och sedan bestämde han sig för att slutföra det han hade påbörjat. Thomas anade vad Monsieur Reynaud menade med »*Det är idag det skall ske*«.

Han fortsatte att läsa för den 9 maj och registrerade de exakta klockslagen.

9 maj klockan 7.30

Gick till Rue de Toulouse, ställde mig så att jag hade uppsikt över porten. Idag kom K ut punktligt. Hon tvekade och såg upp mot skyn, sedan tittade hon upp mot fönstret på tredje våningen, därefter gav hon sig iväg. Eftersom jag visste hon skulle till La Rance, tog jag det lugnt. Jag körde till kraftverket, stannade vid en fickparkering på bron och höll uppsikt.

9 maj klockan 10.00

Från bilen kunde jag se vad som hände i byggnaden. K samtalade med några arbetskamrater. Femton minuter senare stod hon tillsammans med en äldre man, sedan var hon borta från mitt synfält.

9 maj klockan 11.42

Återigen fick jag syn på K. Jag antog hon inte skulle hem, därför att hon inte gick mot huvudentrén utan försvann in i en korridor. Vart skulle hon? Sannolikt till ett kyligt utrymme, eftersom hon hade jackan i handen. Jag hade parkerat framför en trappa som ledde ner till en metalldörr. Det visade sig att dörren inte var låst. Jag steg ut på en öppen plats som liknade en avsats. Jag tittade mig omkring och väntade i tio minuter. Sedan lämnade jag rampen. Min inre röst sa jag skulle gå tillbaka. Ödet var på min sida.
Just när jag skulle vända såg jag K vid bortre delen av rampen. Då hon upptäckte mig började hon springa. Jag tog fram flaskan med kloroform, dränkte näsduken och sprang efter. Hon rusade uppför en trappa och just som hon skulle öppna dörren förlorade hon balansen och föll handlöst bakåt. Hon

gjorde inte motstånd där hon låg blödande på betonggolvet. För säkerhets skull höll jag näsduken över hennes ansikte. Det hade jag inte behövt göra, eftersom hon slutat andas. Jag slet loss jackan, som hon konvulsiviskt hållit i handen, slängde den i det virvlande vattnet, innan jag bar ut henne.

Allt blev mörkt omkring honom. Några sekunder senare öppnade han ögonen och hävde sig upp. Efter fyrtio års spekulationer hade han läst Monsieur Reynauds beskrivning av Karins sista sekunder i livet.

Han uppbringade alla krafter och lyckades till sist sätta sig på stolen, stod emot och trängde undan illamåendet. Kväljningarna kom tillbaka, han störtade in i badrummet och baddade ansiktet i iskallt vatten.

En stund senare satte han sig i soffan och ansträngde sig för ta in det fruktansvärda och samla tankarna. Det han befarat, visade sig vara en djävulsk sanning. Var det bara otur att Karin råkade ut för Monsieur Reynauds ondska? Han trodde inte på någon form av ödestro. Våra liv var inte förutbestämda och att det skulle existera ett större skeende som styrde det som hände omkring oss, sådana tankar var vidskepelse. Vad var det då? Var det ett roulettespel döden ordnat och Karin hade oturen att råka sitta på fel stol? Hade Dödens bäste vän, slumpen, valt henne till sitt offer? Hade han haft möjlighet att agera på ett annat sätt och förhindrat det hela? Om de inte gått på bjudningen, hade Monsieur Reynaud trots allt fullföljt den uppgjorda planen att kidnappa Karin?

För hennes skull tvingade han sig att fortsätta läsa:

26 maj

Jag var på frimurarlogens sammankomst i Saint-Malo. Claude B kom fram till och tackade för senast, tog mig åt sidan och ville tala förtroligt. Han antydde jag borde vara mer försiktig när jag valde vänner i framtiden. Jag förstod vad han menade och jag planerade vissa försiktighetsåtgärder.

29 maj

Jag beslöt åka till Rennes och övertala Ginette att ge mig ett alibi. När jag körde ut från garaget inträffade någonting märkligt. Livs levande stod Claire framför mig. Jag sa till henne att sätta sig i baksätet. Under färden till Rennes satt hon hela tiden och lyssnade på transistorapparaten. Allting upplevdes så verkligt, hon hade inte försvunnit, bara varit borta ett tag och nu var hon tillbaka. All denna oro jag känt för hennes skull! Jag är inte ensam längre, jag har Claire i huset.

Han erinrade sig samtalet med Grete Kolling, då hon berättade hur Monsieur Reynaud pendlade mellan skiftande identiteter och formade dessa beroende på vilken social situation han befann sig i. Noteringarna från den 29 maj visade skrämmande sidor av hans psyke. Å ena sidan, allt igenom en rationell handlingsplan då han åkte till Rennes och övertalade Ginette att ge honom alibi. För vad? Vem var hon? Å andra sidan, i alla avseenden ett patologiskt beteende när han såg sin försvunna dotter och skrev »*jag har Claire i huset*«. Två namn, Claude B och Ginette, var okända för honom. Han grunnade över om någon kunde hjälpa honom med namnen.

Nu återstod de sista anteckningarna för 1972:

7 juni

Jag känner mig förvirrad, när jag kom hem från Rennes var jag fullständigt övertygad att Claire hade följt med, allting kändes så bra. Jag blir rädd. När vet vi att man förlorar kontrollen? Jag skulle kunna konsultera Monsieur Langlois, fast jag litar inte på honom.

Jag mår prima idag sedan jag talade med flickorna. Varför har jag inte gjort det tidigare? Jag inbillar mig bara, visst har jag kontroll över mitt liv? Monsieur Langlois är en kvacksalvare, som tjänar pengar på gamla damers krämpor, jag struntar i honom.

Idag fick jag ett underligt brev från en kvinna, som påstår hon är halvsyster till mig. Löjligt. Skulle jag ha en syster? Hon vill jag skall svara henne för vidare kontakt. Varför skulle jag göra det?

Thomas antecknade: *övertygad om att han sett Claire? Rädd för sig själv? Monsieur Langlois?* Det fanns ett inslag av självinsikt hos honom, på samma gång någonting motsägelsefullt. Han kunde betrakta sig med distans och ställa frågan« *När vet vi att man förlorar kontrollen?*« och strax innan hade han skrivit att han var övertygad om att Claire åkt med honom till Rennes. I anteckningarna från den 9 juni tvivlar han inte längre på sin mentala status, utan konstaterar att allt var inbillning och att han åter har kommandot över sitt liv. Var detta resonemang i alla fall ett tecken på ett sjukdomstillstånd?

Monsieur Langlois, vem var han? Gissningsvis husläkaren. Vilka var flickorna? De som fanns i hans inbillade värld eller verkliga flickor?

Kvinnan som skrev till honom var Nicole, Yvettes mamma. Kunde det verkligen vara korrekt att han inte hade kännedom om hennes existens?

Han fortsatte att läsa:

Brevet var skrivet av Nicole Duvernoy. Mamma Adéles flicknamn var Duvernoy. Det var avsänt från Saint-Brieuc, skall jag kontrollera om hon existerar i verkligheten?

12 juni

Ringde folkbokföringsenheten i Saint-Brieuc och de bekräftade att Nicole Chloé Duvernoy född 12 augusti 1942 var folkbokförd i Saint-Brieuc, 15 Rue de General Leclerc.

14 juni

Oroväckande. Det stämmer att Nicole Duvernoy bor på den angivna adressen. Hur skall jag göra? Hon skulle alltså vara min halvsyster? Jag svarar på brevet.

Det går upp för honom att kvinnan talar sanning och det är inte med glädje han tar emot nyheten. Varför? Han vill leva i tron att hans mamma var ofelbar och misstanken att de nya informationerna skulle rämna bilden av henne. Han kunde heller inte motstå möjligheten att få reda på sådant pappan inte hade pratat om. Det fanns för många obesvarade frågor, därför svarar han på Nicoles brev.

20 juni

Nicole kom hem till mig idag. Av fotografier jag sett fanns vissa drag som påminde om mamma. Jag bjöd först på kaffe och sedan satte vi oss i salongen. Hon hade med sig foton och brevet mamma skrivit.

Hennes far skulle alltså varit löjtnant Steinmetz från Karlsruhe, stationerat i Brest. På en permission i Saint-Malo hade mamma och löjtnanten träffats och deras förhållande varade i ett år. Därefter hade tysken skickats till östfronten.

Personerna på bilden jag hittade på vinden var troligen mamma och Steinmetz. Jag sa inget till henne, varken om fotografiet med tysken eller kortet, som låg bakom bokhyllan. Det hon nämnde om den behandling mamma fick efter kriget, konfirmerade misstankarna om grymheter hon mötte. Hon berät-

tade om mammas vistelse på hospitalet och självmordet. Nicole frågade om jag ville behålla några fotografier. Jag tackade nej.

Pappa kände säkert till allt som kom fram idag. Likväl hade han inte nämnt till mig om dessa saker, inte ens när jag var i vuxen ålder. När han dog, följde alla hemligheter i graven.

När Nicole skulle hem, undrade hon om vi skulle ringa varandra och träffas vid fler tillfällen. Eftersom jag inte ville ha med henne att göra i framtiden, svarade jag att jag skulle höra av mig längre fram.

Jag struntar i informationen jag fick idag, det förändrar ingenting, jag vill glömma alltsammans.

Thomas noterade att anteckningarna från den 20 juni var det sista Monsieur Reynaud skrev för 1972, därefter fanns inget mer. Han var förvånad över hur klartänkt han resonerade och att det inte förekom tecken på instabilitet, som han visat i tidigare anteckningar. Att han inte visade fotografier av mamman kunde bero på att undslippa frågor, likaledes att inte skapa några känslomässiga band mellan dem. Därför tackar han nej till foton Nicole vill skänka till honom.

Om han dessförinnan visat stabilitet i sitt psyke visar det sista yttrandet någonting helt annat. Monsieur Reynaud ville inte fortsätta bekantskapen med sin halvsyster. Den upphöjda madonnabilden av mamman hade krackelerat och för att återställa den, ger han sig själv ett radikalt råd – glöm alltsammans.

Han beslöt gå till polishuset i Saint-Malo för ta reda på ifall det existerade någon dokumentsamling med olösta fall. Fanns protokollen från förhören med Monsieur Reynaud kvar? Vem hade uppgifter om unga flickor, som anmälts försvunna åren 1970 – 1972 i trakten kring Saint-Malo?

20

Thomas vaknade med bultande huvudvärk och kisade med ögonen på det randiga mönstret på den vita väggen, bildat av morgonljuset, som trängde in genom hotellfönstrets jalusier. Han tog upp necessären på nattduksbordet, plockade fram en ask alvedon och hällde upp ett glas ljummet vatten och svalde två tabletter. Efter duschen kändes huvudet klarare och han längtade efter kaffe. Han planerade köra till det nya polishuset och googlade adressen.

Det blåste en svag vind från havet och han kände en första aning av höst. Han hade inga problem att hitta till Commissariat Central Police Nationale. Han parkerade på gångavstånd från byggnaden och på håll såg polishusets entré ut som fören på ett stort fartyg med fasaden i brun nyans.

Han steg in i entréhallen, gick fram till receptionen, förklarade sitt ärende i Saint-Malo, därpå frågade han vem som kunde ge upplysningar om nedlagda brottsutredningar. Kvinnan i glasburen antecknade hans namn och bad honom sätta sig och vänta. Under tiden ringde hon ett samtal. Sedan kallade hon på honom och pekade mot en smal gång till vänster.

– Kriminalkommissarie Benoit sitter i rum 234. Han skall strax ut på ett ärende. Han hälsade att han kunde ta emot er en kort stund.

Han tackade och skyndade bort in i korridoren. Dörren stod på vid gavel, Benoit, en man i femtio års åldern, med hängande mustasch, iklädd en slapp, grå cardigan, väntade på honom.

– Välkommen, tyvärr är jag tvungen att gå om en kvart. Eftersom jag hörde ni var en långväga gäst, antecknar jag ert ärende, sedan bestämmer vi en ny träff.

Han steg in i rummet och såg vägghyllan fyllda med pärmar, på skrivbordet, till och med på fönsterbrädan.

– Jag måste ha allt i mappar och kunna känna ett papper i handen annars kan jag inte jobba.

Thomas sträckte ut händerna, korsade dem och markerade det var ok för hans del. Därefter berättade han om Karins försvinnande, mötet med kriminalkommissarie Jaubert och varför han återvänt till Saint-Malo. Benoit satt nerböjd, antecknade, lade ifrån sig blocket och tittade upp.

– Det rör sig om ett nerlagt fall, vi har beklagligtvis inga resurser för sådant. Jag är ledsen behöva säga det, utsikterna att ni skulle få ny information är obefintliga.

Benoit pausade och iakttog honom.

– Jag har ett förslag. Jag förmodar ni har bråttom och skulle vi ändå åta oss ärendet skulle det ta alldeles för lång tid. Därför föreslår jag ni kontaktar Monsieur Jaubert, som ni redan känner, sa han, höjde på ögonbrynen och Thomas nickade instämmande.

– Han är 82 år och alltjämt vid god hälsa. Jag efterträdde honom 1995. Är det någon som har kunskap om nedlagda utredningar är det han.

Benoit höll pekfingret i luften.

– Jag ringer honom nu.

Av samtalet att döma verkade det som om de kände varandra väl. Benoit lade ner telefonluren och sa:

– Han minns er och sa ni var välkommen. Jag skriver upp mobilnumret.

Innan Thomas ringde Jaubert ville han först fullfölja en idé Karin hade. Några dagar före hon försvann hade hon föreslagit honom bekanta sig med franska författare på ursprungsspråket. Hon tyckte han skulle börja med Georges Simenon. Under studietiden hade Karin varit medlem i studentkårens filmklubb. Ett tema klubben hade en vårtermin var »Franska filmer 1929-1959«. En var filmatiseringen av Simenons roman *Le Chien jaune*. Den hade gjort ett sådant intryck på henne att hon skaffade romanen på båda språken. Hon gjorde ett trevande försök att läsa på originalspråket genom att ha böckerna vid sidan av varandra.

Han beslöt göra slag i saken och försöka få tag i Georges Simenons roman. Han körde mot centrum för han visste det fanns några välsorterade bokhandlare längs Rue Saint-Vincent. Slutligen fann han boken och det kändes fint att äntligen fullgjort Karins önskan.

21

Thomas ringde Jaubert och de kom överens om en tid. Först bestämde han sig för lunch. Han kände till att det fanns ett mysigt brasserie alldeles i närheten. När Karin och Thomas gick promenader längsmed Grand Plage du Sillon, stannade de till vid en restaurang, som liknade ett hus, taget ur en novell av Edgar Allan Poe, spöklikt blickande ut mot havet. Framför allt lockades de av dess två stjärnor i Guide Michelin. På den tiden studerade de menyn utanför ingången, fast de var tvungna gå därifrån hungriga, eftersom de inte hade råd. Det tog tre minuter att finna matstället och kyparen visade honom till ett fönsterbord med havsutsikt där han studerade matsedeln i lugn och ro.

Thomas hade fått en noggrann vägbeskrivning till Beauvoir. I byn letade han efter en ställplats för campingvagnar. Enligt Jaubert skulle det finnas en stor skylt, med en bild på en husvagn. Därefter svängde han till höger, in på Rue Maurice de Defesfeaux, gatan som före detta kriminalkommissarien bodde på.

Han hade efter hustruns död flyttat tillbaka till hembyn, inte långt från Mont-Saint-Michel. Trots att han inte längre var i aktiv tjänst arbetade han med ouppklarade fall, eftersom han ansåg det vara en moralisk plikt att fortsätta till dess fallen blivit lösta. Polisledningen hade gett honom tillåtelse att överta arkivet med preskriberade fall. Han tillbringade åtskilliga timmar varje dag och studerade någon detalj i ett förhör eller en vittnesuppgift brottsutredarna eventuellt missat.

När han närmade sig villan stod den gamle poliskommissarien och vinkade.

– Välkommen, sist vi sågs var vi unga, fast du var verkligen ung på den tiden.

De tog varandra i hand och utbytte artighetsfraser, innan de steg in i huset. Från vestibulen ledde Jaubert honom in i köket.

– Jag måste först visa utsikten. Ser du silhuetten? Känner du igen den?

– Självklart, det är Mont-Saint-Michel.

– Varenda morgon, när jag äter frukost, ser jag klostret, som en garant att jorden inte gått under. Den skänker mig kraft för dagen, jag tröttnar inte på den vackra vyn, sa han medan de gick in i finrummet och han visade med en gest var Thomas kunde sitta.

– Jag sätter på kaffe, du kan göra dig hemmastad så länge.

Han såg sig om i rummet. Det var enkelt möblerat, en soffa, ett bord, tre fåtöljer och vid ena kortväggen fanns en öppen spis. Väggarna var dekorerade med inramade fotografier av barnbarnen och akvareller med havsmotiv. Jaubert kom tillbaka med en bricka och sa:

– Normandisk äppelkaka, hoppas det passar?

Under tiden han serverade Thomas sa han:

– Jag har inte glömt Karin. Officiellt är fallet nerlagt men inte för mig.

Jaubert kastade ett öga på honom och skulle säga någonting men tvekade. Thomas tog fram dagböckerna och visade dem för honom.

– Jag besökte Monsieur Reynauds systerdotter och fick höra intressanta detaljer om familjens förflutna. Hon var inte alls intresserad av hans dagböcker och totalt ovetande om morbroderns öde.

Han berättade sedan om mötet med Grete Kolling.

– Hon gav mig de psykologiska verktygen jag behövde

och utan hennes expertis hade jag inte förmått tolka dessa kryptiska, svårbegripliga texter. Det mest sannolika är att Monsieur Reynaud låg bakom Karins försvinnande. Vi har redogörelsen, fast det kunde lika gärna komma från en sjuk hjärna.

– Vad är det du säger, ett slags erkännande, låt oss ändå vara försiktiga. Det är som du påpekar, det är möjligt det är ett verk av en sjuk människas fria fantasier.

Han talade om för Jaubert att Monsieur Reynaud haft en dotter som försvann. Han nämnde även papperslappen, i samband med självmordet och tolkningen som Grete Kolling gjorde.

– Ifall hon har rätt, skulle han ha mördat dottern?

– Ja, enligt läkaren är det ett erkännande, självmordet skulle vara konsekvensen för brottet.

– Det du har sagt skulle kunna beskrivas som indirekta bevis på att han var i stånd att begå mord.

Thomas tog dagboken från 1972, bläddrade fram till den 9 maj och lät honom läsa. När han var klar skakade han på huvudet.

– Synd vi inte fick tag i anteckningarna innan han dödade sig själv. Jag har många gånger tänkt på dig, vilket helvete du måste ha gått igenom under alla dessa år.

Thomas slog ut händerna i en uppgiven gest.

– En bekräftelse på någonting jag misstänkt länge, frågan är vad han gjorde med Karin efteråt? Tekniskt sett har han inte mördat henne. Är han ändå skyldig till hennes död?

Jaubert satt med ena handen mot kinden och ögonlocken halvslutna och sa:

– Juridiskt förmodar jag han hade blivit dömd för dråp eller inte ens det. Med hjälp av en skicklig advokat hade han kommit lindrigt undan. Kan också vara att han fabulerat det hela, fast det tror jag inte, utan redogörelsen beskriver precis händelseförloppet.

Jaubert svalde en klunk kaffe, ställde ifrån sig koppen och lutade sig fram.

– I början av utredningen misstänkte jag Monsieur Reynaud, dock hade jag inga bevis. Jag är ledsen jag inte kontaktade dig, det fanns orsak till det.

Han skruvade på sig och tittade ner.

– Vi konfronterade Monsieur Reynaud med uppgifter du gav oss. Jag frågade honom om det förekommit någonting otillbörligt under föreställningen. Han anade fällan och med ett hånleende undrade han när det blev förbjudet att ägna sig åt amatörteater i sitt eget hem. Gesterna brukar avslöja lögnaren, jag upptäckte jag hade att göra med en slipad mytoman.

Han gjorde ett upphåll.

– Vill du ha mer kaffe?

– Tack, jag är nöjd.

Jaubert fyllde på mer åt sig själv, därpå bläddrade han i en sliten anteckningsbok.

– När vi frågade vem som låg i kistan nämnde han Ginette Doncœur, som kunde verifiera uppgifterna.

– Ginette? sa Thomas och reste sig halvvägs upp. Han tog åter fram dagboken från 1972 och markerade att han ville flika in.

– Anteckningarna från den 26 och 29 maj måste du läsa, där finns hon med, fast det är ett annat namn jag inte känner igen, du kanske vet?

Efter att Jaubert läst sidorna, sa han:

– Kvinnan som omnämndes var alltså Ginette Doncœur. Vi fastställde kvinnans identitet. Det visade sig hon var en prostituerad från Rennes. Hon hade deltagit i en »posering« hemma hos Monsieur Reynaud och tillade att i hennes yrke träffade hon många konstiga typer.

Sedan han tagit del av dagbokssidorna teg han länge, till slut sa han:

– Vem döljer sig bakom namnet Claude B? Herre gud,

kan det vara så enkelt? Min polischef i Saint-Malo hette Claude Béranger. Är det honom Monsieur Reynaud syftade på? Skulle han varit i maskopi med Monsieur Reynaud? Det skulle förklara en hel del.

– Du menar ifall det var polischefen som åsyftades, hade han varnat honom strax före ett stundande förhör?

– Helt korrekt, Monsieur Reynauds åktur till Rennes bekräftar mina misstankar att han ljög om kvinnan i kistan.

Thomas avvaktade med att säga namnet på henne, tills han verifierat uppgifter han ville ha svar på.

Regnet föll i strida strömmar mot fönsterrutorna och det kändes kyligt i rummet. När Thomas tittade på den öppna spisen, reste Jaubert sig och hämtade ved ur en korg.

– Monsieur Reynaud vägrade avslöja vilka som deltagit på middagen. Några anmälningar från gästerna kom heller inte in, sa han och knycklade ihop små bollar av tidningspapper, som han stoppade in mellan vedklabbarna.

När elden tog sig gnuggade han sina händer och sa:

– Bland de inbjudna fanns prominenta personer, som ogärna ville bli indragna i en skandal. Några veckor efter att vi förhört Monsieur Reynaud kom en order från polischefen att fallet skulle läggas ner. Han var noga med att Karins försvinnande skulle rubriceras som en drunkningsolycka. Nu förstår jag varför.

Han drog efter andan och såg uppgiven ut.

– Jag tror knappast det var en ren slump att både polischefen och Monsieur Reynaud var ordensbröder i samma frimurarloge i Saint Malo.

Thomas sträckte på sig och kliade sig i nacken.

– Fick ni in anmälningar om försvunna flickor inom ert polisdistrikt mellan åren 1972 till 1974?

Jaubert rynkade på ögonbrynen.

– Ett ögonblick, så skall jag gå efter pärmen.

Under tiden bläddrade Thomas åter i dagboken från 1972

och slog upp sidan för den 6 och 7 april och väntade på Jaubert. Strax återvände han lätt andfådd.

– Några månader efter att vi lagt ner utredningen om Karin, kom ett flertal anmälningar från oroliga föräldrar. Somliga av de försvunna visade sig vara i livet, en del återfanns inte.

Han tittade i pärmen.

– Vi fick även en förfrågan från kanadensisk polis. Föräldrarna till en student, Odette Vimeux, hemmahörande i Québec, hade gjort en anmälan. Dottern hade åkt till Frankrike för studier. Hon slutade skriva efter maj 1972 och i det sista brevet skrev hon att hon jobbade på ett café utanför Saint-Malo.

Thomas lämnade över den öppna dagboken till Jaubert.

– Läs vad han skrev den 6 och 7 april. Det krävs inte en kriminalare för att förstå det finns ett samband mellan studenten från Kanada och namnet på flickan som omnämndes.

Han läste hur Monsieur Reynaud manipulerat och lurat henne vara med i arrangemanget i källaren..

– Ett monster, en djävul, det var alltså Odette som låg i likkistan.

– Du som fördjupat dig i och kommit nära lustmördare, var tror du Monsieur Reynaud kan ha gömt stoften efter dom han dräpt?

Han strök fingrarna genom håret och riktade blicken mot honom.

– Man skall söka på platser där det är mest logiskt att leta. Han var inte en mördare som grävde ner lik eller gömde dom i en svåråtkomlig terräng. Det skulle han ansett som banalt och vulgärt.

Jaubert knäppte händerna som i en bön och var tyst en stund.

– Det du berättat för mig och det jag hittills läst, tyder på att han gjort estetik av mord. Det troliga är att kropparna finns i anslutning till huset han residerade.

Fastän det blev varmt i rummet började Thomas frysa. Jaubert fortsatte:

– Det skulle således innebära att flickor han tagit livet av skulle finnas i villan i Le Vivier-sur–Mer. Eventuellt även kvarlevorna efter Karin och Odette.

Thomas rynkade pannan och gjorde en grimas.

– Jag har en förmåga att bli burdus. Förlåt också för den chock jag utsatte dig för den gången du konfronterades med Karins klädesplagg. Detta skulle jag ha sagt för 40 år sedan. Kan vi komma vidare än vad vi kommit i utredningen? Trots allt ligger händelserna långt tillbaka i tiden, sa han och lade huvudet på sned.

Thomas ruskade nekande sitt huvud.

– Jag vill inte min resa skall vara till ingen nytta.

– Ok, jag ska hjälpa till, sa han och slog ut armarna.

– Du får gärna ringa upp den nye husägaren och intyga vem jag är. Det blir större tyngd om du talar om att du är före detta kriminalkommissarie. Jag gissar det är i huset i Le Vivier-sur–Mer jag bör leta, eller hur?

Jaubert öppnade mappen och tog fram den exakta adressen.

– Maison Reynaud Rue de la Forge, 35960 Le Vivier-sur-Mer. Jag ringer Benoit.

Han hämtade mobilen, tryckte in ett nummer och efter några signaler svarade Benoit.

– Han tar reda på fler uppgifter, vi kontaktar ägaren idag...ja...hallå...ett ögonblick.

Han skrev i luften och nickade till Thomas, som gav honom pennan.

– Kan du upprepa de två sista siffrorna, tack... visst jag kommer in till Saint-Malo någon dag, ja, vi tar en öl tillsammans, hej så länge.

Därefter vände han sig till Thomas.

– Jag har numren, både till mobilen och till hemtelefonen. Han heter Bernard Aubert, är före detta docent för

Centre de Recherche Bretonne et Celtique vid Université de Haute-Bretagne. Jag ringer upp honom, jag sköter snacket, sen tar du över.

22

Påföljande dag var Thomas på väg till Le Vivier-sur-Mer. Pärlemoskimrande bensinfläckar blänkte på asfalten av det kraftiga regnet. Trots svarta moln, som tornade upp sig vid horisonten och hotade med nya regnskurar, förde de bleka solstrålarna en fruktlös kamp att tränga sig igenom molntäcket.

Några kilometer från byn Hirel, körde han in på en sidoparkering och bestämde sig för att gå resten av sträckan. Lukten av tång och ljudet från bränningarna, som slog in mot den steniga stranden flyttade honom tillbaka i tiden. Ett förälskat par promenerade längs efter strandvägen och höll ömsint om varandra.

Han stannade och betraktade den dystra villan. Den svaga doften från pinjeträden, de multnande lövhögarna, paraplyträdens knotiga grenar återkallade i minnet en scen ur *Huset Ushers undergång* då huvudpersonen såg den spöklika byggnaden och fick *en känsla av outhärdligt svårmod*.

Den rostiga järngrinden och den knastrande grusgången fanns alltjämt kvar. Bernard Aubert öppnade och sa:

– Jag antar det var du som ringde igår, välkommen in.

Monsieur Aubert, var runt sjuttio, tunnhårig, bar hornbågade glasögon och klädd i en beige manchesterkavaj. Han hjälpte honom med rocken och tog en galge från hatthyllan.

– Du har hela huset till ditt förfogande. Du behöver inte ha bråttom, ta det lugnt. Vi kan börja med att gå in i salongen.

Monsieur Auberts fru kom emot dem.

– Välkommen, jag förstår du vill sätta igång direkt, får vi bjuda på kaffe först?

Han tackade för deras gästfrihet. På ett serveringsbord var det framdukat ett fat med Sablé Breton. Madame Aubert var i samma ålder som mannen, sparsmakad, elegant klädd i en klassisk Chaneldräkt. Det grånade håret var uppsatt i en knut, det enda smycke hon bar var vigselringen.

Interiören var annorlunda än när han var i villan första gången. Då hängde internationellt kända konstnärers alster på väggarna, möblerna utgjordes uteslutande av berömda designers. Nu fanns enbart tavlor, målade antagligen av lokala konstnärer, möblemanget stilrent, ingick antagligen i en tidlös möbelserie.

Till en början pratade de ytligt på det sätt folk gör då man inte känner varandra. Det visade sig snart att paret inte var mycket för innehållslös konversation utan ville honom väl.

– Vi assisterar dig idag. Det fruktansvärda kan inte bli ogjort, åren läker inte alla sår. Saknaden efter en älskad människa får vi bära genom livet. Jag förstår du vill veta vad som drabbade din vän, sanningen lindrar inte, dock hjälper den oss gå vidare, sa hon.

Han nickade till svar. Hur empatiska de än var, ville han inte öppna sitt hjärta, ännu mindre prata om Karin.

– När köpte ni huset?

– Det måste ha varit någon gång på hösten 1999, sa hon.

– Vi införskaffade inte det personligen från ägaren utan från dödsboet. Det var en jurist som skötte förmedlingen. Jag antar Monsieur Reynaud dog i början av 1990, sköt Monsieur Aubert in.

– Jag fick reda på att han tillbringade den sista tiden på ett hospital utanför Paris. Han avled där 1991.

– Jaså, det kände vi inte till. Kanske vore det intressant

att veta vilka namn som förekom vid försäljningen? Eventuellt finns det någon person som kan ge dig mer information, sa han.

Han öppnade en sekretär och tog fram från mittlådan ett kuvert.

– Jag tror här är alla uppgifter på köpekontraktet, likaså namnet på advokaten.

När han fick kuvertet ställde han ännu en fråga.

– Har ni renoverat mycket?

– Det som var i behov av ombyggnad var i första hand köket. I källaren är det endast varmvattenbehållaren som är utbytt, i övrigt har vi behållit de ursprungliga detaljerna. Det finns en enorm vinsamling som är intakt, sa hon.

Det började bli kväll och han ville undersöka huset innan det blev för mörkt.

– Jag skulle uppskatta ifall ni gjorde mig sällskap.

– Vi följer med, var börjar vi? sa han.

– Jag är intresserad av källarplanen och förrådsrum ni inte utnyttjar, saThomas.

Ifall Monsieur Reynaud hade obskyra hemligheter var det knappast i övervåningen. Han erinrade sig honom säga »låt oss träda in i skuggornas rike«, den gången de skulle ner till källaren. På samma gång ville han vara lyhörd och ha alla dörrar öppna.

– Vad anser ni? Något förslag?

– För att inte missa någonting tycker jag vi skall gå grundligt till väga. Vi sätter igång med etaget ovan, arbetar vidare neråt, sa han.

– Låter som ett bra förslag.

De kom upp till hallen ovanför trapporna och fortsatte in genom en korridor med två kammare på vardera sida.

– Vi använder rummen som gästrum, därför är vi nästan aldrig här, sa hon.

– Vi inredde tre rum, det fjärde har vi inte rört. Jag tror

det finns en del föremål kvar, som tillhört den förre ägaren. Det verkar som det har varit hans privata arbetsrum. Vi har haft planer att färdigställa rummet, det har bara inte blivit av, sa han.

– Ja, det som kan vara av intresse för dig är arbetsrummet, sa hon.

När Thomas öppnade dörren kändes det kvavt och luktade unket. Möbleringen bestod av tre fåtöljer klädda i gobelängvävt tyg och ett engelskt skrivbord i mahogny med ett grönt skrivbordsunderlägg i läder. På väggen hängde ett porträtt av en kvinna.

– Vi har inte rört någonting, utöver en humidor, den gav vi till min bror, sa hon.

Han tog några försiktiga steg, gick runt och observerade allt i rummet, därpå undersökte han skrivbordets båda hurtsar. Det fanns fyra lådor på respektive sida, i den nedersta lådan till vänster låg kontorsartiklar, en hålslagare, en häftapparat och en ask med gem. I den översta lådan i den högra hurtsen upptäckte han ett mindre schatull med förgyllt mässingsbeslag. Han satte det på skrivbordet och öppnade locket. Bland ett antal ringar, halssmycken och broscher, kände han igen ett bärnstenssmycke i ett sammetsband. Han höll det mot fönstret och såg tydligt myran bevarad inuti kådan.

Han grep ena handen krampaktigt i karmstolen och med den andra kramade han hårt i smycket.

– Smycket är Karins, det är jag säker på.

– Det bevisar sambandet mellan Monsieur Reynaud och hennes försvinnande, eller hur? sa hon.

– Inte bara det, med all sannolikhet har han även dolt kroppen i huset.

Monsieur Aubert ryckte till, Madame Aubert stod som Lots hustru. Thomas bröt tystnaden:

– Jag tror vi är klara med denna våning, skall vi fortsätta?

Han följde efter dem nedför trapporna. När han kom halvvägs, svartnade det för ögonen och han var tvungen att hålla sig fast i trappräcket.

– Hur är det fatt? sa hon.

Han kämpade mellan att tänka klart och mota undan skräcken inför det ondskefulla Monsieur Reynaud sannolikt gjort med Karin.

– Inga problem, det blir så ibland då jag går i trappor, jag klarar mig.

Monsieur Aubert hämtade nycklarna och Thomas kände sig obehaglig till mods. När dörren öppnades kom han ihåg den unkna, instängda lukten av mögel, fukt och förruttnelse. Benen kändes tunga, armarna hade domnat och han stålsatte sig att skyla rädslan.

– Hur många förråd finns det?

– Uppriktigt sagt har vi inte räknat, jag tror det är tre, sa hon.

– Har ni varit inne i alla?

– Det minns jag inte, sa han.

Thomas pekade på en dörr med metallbeslag, som var mindre än de övriga och sa:

– Vi kan börja här.

Monsieur Aubert drog i handtaget, öppnade och tog ett försiktigt steg in. Det visade sig vara en skrubb, utom en trasig köksstol och massa damm fanns det ingenting mer. De fortsatte till nästa dörr, bastantare i jämförelse med den förra. Monsieur Aubert slet i dörrhandtaget och efter några försök öppnades dörren.

– Herregud, vad är detta för någonting?

Han studsade tillbaka och Thomas tittade in. Två vita likkistor stod bredvid varandra, hela rummet var utrustat som en komplett snickeriverkstad. Skakad av det som väntade honom gick han fram till de båda kistorna och öppnade den ena. I den fanns endast en rulle vaddering som väntade på att fästas med spik. Den andra var också tom, fast med vadderingen fastspikad.

– Man undrar vad det är för ett hus vi köpt? Vem har snickrat dessa likkistor? sa han.

– Det har Monsieur Reynaud, det lärde han sig av sin far som var begravningsentreprenör.

Medan Madame Aubert höll för munnen, stod Monsieur Aubert alldeles mållös med sänkt huvud.

Han var besviken att lämna huset utan att ha genomfört syftet med resan, i samma ögonblick lättad över att inte behöva konfronteras med någonting hemskt.

– Finns det fler utrymmen eller har vi sett allt?

Monsieur Aubert pekade mot ett öppet förrådsutrymme.

– Innanför är vinförrådet, vi lär inte hitta annat än vinflaskor. Det existerar inga fler lokaler.

Thomas ville inte ge upp förrän han genomsökt samtliga förrådsrum.

– Jag vill ändå gå in.

De gick in genom portalen och kom in i ett utrymme med välvt tak och utefter väggarna stod vinställ fyllda med flaskor.

– Är dessa från Monsieur Reynauds tid?

– Ja, vi lät dom vara kvar, med undantag av champagneflaskorna. Några årgångsbuteljer har vi naturligtvis öppnat. Vi har funderat få dom värderade för jag kan tänka mig att det finns många dyrgripar, sa han.

Thomas ställde sig mitt i rummet, förflyttade sig sakta runt, såg sig omkring och synade hyllorna och väggarna. Det var ingenting som stack ut eller indikerade på att Monsieur Reynaud ville gömma någonting. Till slut accepterade han det oundvikliga – åka hem utan att ha tagit reda på de verkliga omständigheterna kring Karins öde.

När han kom ut från vinförrådet tvärstannade han som om han fått kokhett vatten över sig. Han stirrade på utsmyckningen ovanför källarvalvet.

– Hur kunde jag missa vinrankorna!

– Vad menar du? sa hon.

– Dionysos boning! Dionysos, vinguden.

Båda stirrade och gapade då han förklarade den kryptiska anteckningen i dagboken om att låta Karin vänta med att träda in i vingudens boplats.

– Det innebär att han döljer någonting. Karin finns därinne!

Han rusade in i förrådet och granskade varje hylla, plockade ut årgångsvinerna och kände på muren bakom och hoppades kunna upptäcka någon öppning eller en lönndörr. De två gjorde likadant, Madame Aubert langade buteljerna till sin man, som placerade dem i en stor flätad korg.

Thomas stod framför ett vinställ och upptäckte att det avvek från de övriga, eftersom stället var något högre än resten. När han hade tagit bort alla flaskorna såg han att väggen vid hyllplanen inte var av murbruk utan kamouflerad med färg som skulle likna riktig mursten.

Sedan samtliga buteljer var utplockade, fattade han brädan och försökte dra fram den, likväl rubbade sig hyllan inte ur fläcken. Då gjorde han en iakttagelse. På kortsidorna fanns metallhöljen och försiktigt tog han bort dem. Han såg att gavlarna vilade på ett par gångjärn. Han reste sig upp, grep hyllan på ena sidan och drog den åt sig, alldeles som man öppnar en dörr.

Madame Aubert upptäckte vad han höll på med.

– En maskerad metalldörr! Verkar som Monsieur Reynaud velat dölja ett hemligt rum, sa hon.

– Den är låst, vi måste ha en dyrk eller helst en nyckel, sa han.

Madame Aubert tog tag i sin mans arm:

– Kommer du ihåg bleckdosan med nycklarna i garaget, kan du hämta den, glöm inte lampan.

Sedan sa hon till Thomas:

– När vi flyttade in, fann vi en hel del nycklar som inte passade någonstans, därför lade vi undan dom. Hoppas någon passar.

Under tiden de väntade undersökte han metalldörren. Han tryckte ner handtaget och knuffade till dörren men den var låst. Det dröjde inte länge förrän Monsieur Aubert kom tillbaka med en rostig burk. Han granskade först nyckelhålet för att vara säker på vilken typ av nyckel de skulle leta.

– Det är i alla fall inte en platt, snarare en långsmal, sa han.

Monsieur Aubert tömde burken, som innehöll ett tjugotal nycklar och en nyckelknippa. Madame Aubert böjde sig och hjälpte till att sortera bort samtliga platta och gav resten till Thomas.

Han provade den ena efter den andra, ingen av dem gick in i cylinderhylsan. Till slut var det en från nyckelknippan som passade. Han förde in nyckeln i låset, försökte vrida, drog ut den, satte i den igen och efter en del trixande lyckades han öppna metalldörren. Han ryggade tillbaka när kall luft och lukten av förruttnelse strömmade ut från mörkret. Han trevade efter strömbrytaren, hittade den och vred om, ändå hände inget. Monsieur Aubert tände ficklampan, lät ljuskäglan långsamt svepa längs väggarna och det nakna cementgolvet. I det kala rummet upptäckte de tre vita likkistor stå bredvid varandra.

23

Det hade gått någon månad sedan Thomas kommit hem från Frankrike. Innan han lämnade Saint-Malo blev han lovad av polischefen att så snart identifieringen av kvarlevorna var klara skulle han bli underrättad. Efter en månads arbete hade rättsläkare och rättsodontologer, med hjälp av en kombination av tandkort och DNA- data, nått fram till ett resultat.

Han satt en lång stund med kuvertet i handen. Han var förvånad över reaktionen, eftersom han kände en lättnad när han såg Karins namn. Hur skulle Yvette hantera de nya uppgifterna om morbrodern? Fanns närstående till Odette kvar i Kanada?

Efter hemkomsten hade han gjort efterforskningar på möjliga anförvanter till Karin. I den utsträckning han visste fanns det inte längre några nära släktingar. Han kontaktade begravningsbyrån i Grebbestad som tog hand om allt pappersarbete med Frankrike.

Vilket skulle han bestämma sig för, en gravsten eller en minneslund? Hennes inställning till existensiella frågor var okomplicerade. När de diskuterade livsåskådnings-frågor hade hon haft en praktisk syn på livet, därför valde han den sistnämnda. En period lyssnade de mycket på Laura Nyro. Karin tyckte speciellt om låten »And when I die«. Han kom ihåg några strofer hon citerade som speglade hennes inställning till döden att allting går i cykler och livet går vidare trots allt:

And when I die and when I'm dead, dead and gone
There'll be one child born and a world to carry on, to carry on.

Han väntade på ett mobilsamtal och vankade av och an i lägenheten. Han tog fram mobilen, ingen hade varken hört av sig eller skickat meddelanden. Han skulle sätta på kaffe, då mobilen ringde.

– Hej, Göransson från Grebbestads begravningsbyrå. Urnan och alla handlingar från Frankrike har kommit. Vi har också enligt överenskommelsen satt askurnan i minneslunden.

– Askan har alltså inte spridits?

– Tanken med en minneslund är att det inte skall finnas någon speciell markering. Istället har vi en minnesplats där anhöriga kan lägga blommor och minnas sina kära.

– Jag kör upp till Grebbestad de närmaste dagarna.

– Ring om det är mer du vill veta.

Thomas brydde sig inte om att meddela sina forna vänner. Han hade inte kontaktat dem på flera år och mindes inte när han talade med Robban sist. Han passerade turistanläggningen Tanumstrand och strax innan norra infarten stannade han vid en blomsteraffär och köpte en bukett decemberblommor. Han hade besökt Karins föräldrar ett antal gånger, ändå hade han svårt att känna igen sig. Den enda byggnad han kom ihåg var kyrkan. Karins morfar hade varit kyrkoherde i Tanums församling. De hade en nära relation till varandra och hon var stolt över honom och ville visa Thomas morfars kyrka. Tillsammans hade de blivit guidade i Grebbestads kyrka av den pensionerade kyrkoherden.

Han ställde bilen mittemot kyrkan och gick en lång grusgång längs en stenmur, som ledde till en öppning in mot kyrkogården. Längre bort låg minneslunden på en kulle omgiven av buxbomshäckar.

En stig förde honom till minneslunden. Han satte sig på en bänk och såg på den gräsbevuxna öppningen. Någonstans framför mig finns Karin, tänkte han. Är detta det definitiva slutet för ett människoliv? Hade han resonerat annorlunda ifall han haft en gudstro? Under en bråkdels sekund längtade han efter en tro han inte hade.

Han steg fram till gräsmattan, stod en stund med nerböjd huvud, sedan lade han ifrån sig blombuketten. Vinden hade mojnat och det var alldeles stilla. Mörka moln tornade upp sig och de första regndropparna föll. Han vände sig om, präntade in bilden av minneslunden och skyndade sig nerför kullen. Avskedet skulle sudda ut de sista minnena av Karin, han kände sig som en krympling vars enda stöd, en krycka, sparkats undan.

Innan han åkte hem ville han besöka kyrkan. I vapenhuset fanns två besöksböcker och han bläddrade bland sidorna i den äldsta boken. Han letade efter Almqvists dikt, som Karin skrivit av. Det var på hennes födelsedag, året innan de reste till Frankrike. Han slog upp sidan för den 2 oktober 1971 och läste stroferna hon nedtecknat:

> *Om bland tusen stjärnor*
> *Någon enda ser på dig,*
> *Tro på den stjärnans mening,*
> *Tro hennes ögas glans.*
>
> *Du går inte ensam.*
> *Stjärnan har tusen vänner,*
> *Alla på dig de skåda,*
> *skåda för hennes skull.*
>
> *Lycklig du är och säll.*
> *Himlen dig har i kväll*

Songes : Carl Jonas Love Almqvist

Han skrev sitt namn och datum i den nya besöksboken, därefter gick han in i kyrkan.

Musikreferenser i Monsieur Cul-de-sac

J. S. Bach: *Nun komm, Der Heiden Heiland*
The Band: *The Weight*
The Beach Boys: *Good Vibrations*
Birgitte Bardot: *Tu Veux Ou Tu Veux Pas?*
Elvis Costello: *Alison*
Michel Delpech: *Wight Is Wight*
Bob Dylan: *Absolutely Sweet Marie*
Bob Dylan: *It's All Over Now, Baby Blue*
Bod Dylan: *Like a Rolling Stone*
Bob Dylan: *On the Road Again*
Bob Dylan: *She Belongs to Me*
Bob Dylan: *Subterranean Homesick Blues*
Bob Dylan: *The Times They Are A-Changin'*
Georges Brassens: *Auprès de mon arbre*
Georges Brassens: *Les sabots d'Hélène*
The Electric Flag: *Groovin' Is Easy*
The Electric Flag: *Killing Floor*
The Electric Flag: *Over-Lovin' You*
The Electric Flag: *Sittin' In Circles*
Grateful Dead: *Truckin'*
Grateful Dead: *Jack Straw*
Grateful Dead: *Box of Rain*
Grateful Dead: *Dark Star*
Françoise Hardy: *Tous les garçons et les filles.*
The Kinks: *Dead End Street*
Michel Legrand: *Maxence's Song*
Laura Nyro: *And When I Die*
Laura Nyro: *Luckie*
Laura Nyro: *Lu*

Laura Nyro: *Sweet Blindness*
Jean Sablon: *Vous passez sans me voir*
Brinsley Schwarz: *Country Girl*
Bernt Staf: *Familjelycka*
Charles Trenet: *La mer*
Boris Vian: *Le déserteur*